致青春 030

喜歡你，很久很久

（下）

唧唧的貓　著

高寶書版集團

目錄

CONTENTS

第十三章　安定

他喜歡聽她的心跳和呼吸，溫熱的身體近在咫尺，伸手就能觸摸到。

瘋狂後隨之而來的是濃重的疲憊感，付雪梨在一陣奪命連環Call之下，匆忙穿好衣服，親了親許星純，隨即離開一片狼藉的飯店，趕回付家。

從飯店到回家這段路程，付雪梨心不在焉，知道許星純要回Y城他奶奶家，下次見面又不知道要到何時。走的時候沒察覺，現在不在一起了，不捨的心緒倒是浮上心頭，縈繞不散。

剛進門，就被付城麟拉著手臂往前走。他濃眉擰緊，語調變冷：「妳這幾天跑去哪裡鬼混了？」

「沒去哪裡，去打牌了。」她信口胡扯，精神不太好，甩掉自己表哥的手。等等還要吃年夜飯，她想上樓去換身衣服。

年輕的時候追女人玩多了，就付雪梨這個走路的姿勢，付城麟連猜都不用猜就知道她去幹嘛了。

他氣極地罵了一聲「靠」，瞪大眼睛嚷嚷：「小兔崽子，翅膀硬了？妳玩歸玩，電話都不接，知道我多擔心妳嗎？」

付雪梨嫌棄道：「我手機沒電了！說幾遍了，求求你，別說這種讓我雞皮疙瘩起一身的肉麻話，付城麟。」

兩人又互相罵罵咧咧，吵了一通。

付雪梨繞到客廳，氣呼呼地正準備上樓，手剛摸上扶手，就看到坐在沙發上的付遠東。他面容相當平靜，不怒自威，掃了一眼衣衫淩亂的她，沉聲道：「過來坐坐。」

付雪梨腳步一頓，蔫蔫地說：「喔……」

坐到沙發上後，兩個人都沒有開口說話，付雪梨的頭仍舊低著，兩人就像毫無關係的路人。

「我不說我病了，妳是不是一輩子都不回這個家了？」

付雪梨一言不發，咬著唇，死倔著不說話，眼角餘光都不抬。

「天天不務正業，家也不回，妳還把我當妳叔叔嗎？」剛說完，付遠東就劇烈地咳嗽起來。

剛要衝出口的話又硬生生地咽下，眼睛一瞟，就被那幾根白髮刺到。付雪梨心裡說不清是什麼滋味，坐在沙發上老老實實地不動了。

約莫十分鐘以後，付遠東才深深嘆口氣，揮揮手：「走吧走吧。」

聽到這句話，付雪梨像被踩了尾巴的兔子一樣，蹦起來就往樓上衝，一秒都不想多待。

晚上到八點才吃飯，付家親戚不多，平時付遠東工作繁忙，此時好不容易才湊齊一桌人。飯桌上每個人話都不多，大多數都是付城麟和他帶回來的女朋友在說。

他女朋友是第一次看到付雪梨，暗自激動了好久，後來吃完飯還要了幾張簽名，千篇一律拜託她說說自家偶像。

付雪梨本來耐心就一般般，現在更不耐煩，隨便打發她就把自己關在房間裡。

大年三十晚上，前幾年臨市市區禁止煙火爆竹，弄得一點年味都沒有，年過得一點也不熱鬧。今年政府倒是取消了這個規定，時間一到，外面就煙火滿天，砰砰作響。齊阿姨上來敲門，叫她出去看煙火，被付雪梨懶洋洋地拒絕。

手機的拜年訊息叮叮咚咚響，付雪梨都不想回。唰地拉開窗簾，仰頭看到接二連三的響炮和煙火沖上夜空中炸開。鋪天蓋地的光亮，短暫而炫目。她吸吸鼻子，突然想起高中那年為許星純過生日。

過了十幾年的時間，如今想起來就像一場夢。

付雪梨轉身躺到床上，拉過枕頭蓋在頭上，又忍不住開始想許星純。嘴角一會兒上揚，一會兒撇下。

發了有半個小時的呆。

自己說起來也是個奔三的成熟女性了，現在怎麼還這麼像個情竇初開的小女生，動不動就抑鬱。

假期還有兩三天就要回去工作了。

現在不管做什麼，都沒有和許星純待在一起有意思。這可怎麼辦啊……

摸出手機看了看時間，剛淩晨一點。安靜趴了一會兒，心裡忽然湧起一股衝動，付雪梨忽地跳起來。從櫃子裡拖出一個行李箱，胡亂丟了幾件衣服進去，披上羽絨衣，戴上帽子，從桌上抄起一把車鑰匙，躡手躡腳地溜下樓，飛快地往後院的車庫跑去。

付城麟估計出去和他那群富二代朋友打牌了，其他人也早早就睡了。她沒驚動任何人，開了付城麟的一輛車，迅速駛離大門。

車像一陣風似的飆了出去。

打開導航，搜索地圖，然後上高速公路，從臨市到Y城一共五個小時的車程。

付雪梨一直都是一個天馬行空的行動派，做起事來全靠大腦發熱和一時衝動。

半夜孤身一人，花了一個晚上，開車去一個陌生的小城市。

車裡的音樂聲流淌，拿起電話撥通許星純號碼的時候，她的手指都在微顫。

十分鐘後。

車裡全是暖氣，外面的冷空氣湧進來，迅速在車窗上凝成一層白霧，雨刷來來回回地刮動。

她一腿跪坐在駕駛座上，整個人撲過去，把許星純撞得往後趔趄。付雪梨的膝蓋抵著他的腿根，有些神經質地揪著他領口的衣服，像生怕他跑了。胸口窒悶，有亂七八糟的快樂和滿足。

聽到他開口問：「妳怎麼來了？」

付雪梨微微喘著氣，看著許星純的表情，莫名刺激。並不回答他的話，抱著他的脖子，無聲地湊上去接吻。

從嘴角再到舌尖，濕潤的唾沫，攪動著滑向舌根。

許星純任由她抱著沒動，垂得低低的睫毛微顫。

付雪梨想，她真的喜歡上許星純了。

好像忽然著了魔，腦子裡想的都是那檔事。和他接吻的感覺就像吸毒，完全克制不了。有些東西想得到越多，越是無法被滿足。

良久，她才依依不捨和他分開。

「幾點了？」她啞著嗓子問。

「六點多。」他答。

「帶你去吃早飯。」

一大早，路邊有當地人在賣東西。走在街上環顧了一圈，都是簡簡單單的四合院，木窗、木門，簡潔又古樸。

等下了車，付雪梨才發現許星純來的時候兩手空空，穿著襯衫長褲，只有一件外套。外面的氣溫冷得她一顫，訝異地問：「不用開車嗎？」

「很近。」

亮著燈的計程車從兩人眼前開過，經過前面轉彎，然後消失。街道冷清，嚴寒中，清晨的風都泛著淡青色的光，吹得身上每個毛孔都有瑟縮的感覺。

早餐店就四五步的距離。

四五十歲的大媽圍著圍裙，坐在搖椅上。旁邊的小板凳上坐著一個五歲左右的小男孩，正在吃蘋果，抬眼看見許星純和戴口罩的付雪梨進來，長睫毛忽閃忽閃，立即跳起來喊：「哇！客人來了。」

付雪梨點了香菇燒賣和一杯豆漿拎在手裡，突然喊：「許星純。」

他視線看著前面：「嗯？」

「沒什麼。」付雪梨頓了頓，緊緊挽住他的手臂，欲哭無淚，嘴唇微微噘起：「我大姨媽好像來了。」

§ § §

二十四小時便利店。

許星純蹲在貨架面前掃了掃，隨手取出幾包衛生棉。隨後走到收銀臺，從衣服口袋裡摸出錢包準備付帳。

女店員笑盈盈地問：「先生，還需要什麼嗎？」

他拿了打火機，放在收銀臺上：「一起。」

收拾好了以後，付雪梨坐在車裡，嘴裡嚼著燒賣，吞下去。用紙巾把手上和嘴巴上的油漬擦乾淨，咕嚕嚕喝水的時候，眼珠一動也不動地盯著許星純看。

他靠在車門上抽菸，線條明晰的輪廓，五官清雋，就是有點瘦，無論從那個角度看都透著讓人沉醉的英俊。

距離太近，從這個角度甚至能看清他抽菸時每一寸滑動的喉結。

簡直能撩到讓人崩潰。

毫無預兆地，付雪梨抬手奪下他的菸說：「許星純，你知道嗎？你抽菸雖然很帥，但是會死得很早。」

許星純慢半拍，微側了頭，目光落在她臉上。愣了片刻後，往前探身問：「死了不好嗎？」

「我不會讓你死的。」付雪梨想了想自己的存款，神氣地笑道，「我跟你說，我有很多很多錢。就算你生病了，我也可以養你一輩子。」

修長的手托著她的後腦，指尖凍得有點冷，他的眼裡深深沉沉，無邊無際。

怎麼又親起來了……

付雪梨張口咬住他。

嘴唇柔軟，清涼的氣息繞進她的嘴裡。他一點點咀嚼她口腔裡甜蜜的溫度。

他用指背輕碰了碰她的耳根，有些發燙。

她被人抵著臀部，有些難堪，身子也僵著不動。被他握住手腕，抓在手心裡。許星純低聲含糊著說：「……繼續咬。」

許星純把她緊緊抱在懷裡。她手指插入他柔軟烏黑的短髮，有狠狠揪一把的衝動。

他為什麼一直沒有變？乾乾淨淨不入世，笑起來像在道歉。

病態又深情——是她的許星純。

昨晚無聲無息下起了小雪，現在斷斷續續地還沒停，路上的薄雪被車軋過，濕淋淋地變成一灘碎冰。付雪梨穿著雪地靴，踩上去，鞋面已經被濡濕了一片。

找了個地方停好車。第一次到Y城，付雪梨跟著許星純一路走過去，好奇地四處張望。與其說這裡是個小城市，其實更像一個依山傍水的小鎮，可見遠方矗立的山峰。

這裡到處都有種被時代拋棄的古樸感。石獅子、糖葫蘆，煙囪裡升起筆直的炊煙，年輕小男孩晃晃悠悠地騎自行車而過。遠不如大都市的繁華，但一切都遠離世俗紛擾。

和許星純的氣質很像——四大皆空，無欲無求。

付雪梨本來就有宮寒的毛病，走著走著，現在小腹又開始沉沉下墜。只吃了兩口燒賣，胃裡空空如也，隱隱作痛。

「等我回去再說。」許星純掛了電話。

付雪梨的臉繃得很緊，凝視著他，擔心地問：「你的工作是不是出什麼事了？」

他搖搖頭，輕描淡寫，直接轉移到別的話題。

「你還騙我，什麼都不跟我說。」付雪梨本來就脾氣刁鑽，看不過許星純的這個樣子，身體又不適，一鬱結，氣得狠狠錘了他一拳。

被打的許星純沉默片刻。

她力氣不小，有點疼。他揉了揉肩膀，搖搖頭，失笑道：「沒有，我沒騙妳。」

他是平常不怎麼笑的人，長得又好看，五官蛻變至成熟，就算只是勾了勾唇角，雖然不至於驚心動魄，但也能讓這冰天雪地即刻消融。付雪梨腦子一愣，覺得自己被誘惑了。

§ § §

許媛站在門口，一手拎著滿塑膠袋的菜，一手正在掏鑰匙。轉眼看見自己的侄子旁邊跟著一個戴口罩的小女生，兩人打打鬧鬧，動作很親密。

等兩人走近，許媛推門進屋，狀似不經意地回頭說：「許星純，把衣領整理一下。」

為什麼許星純的長輩和他一樣，都很正經冷漠……居然連小名都沒有，直接喊名字。

付雪梨沒料到會有這一齣，饒是臉皮厚、心理素質強，也有點尷尬。

深吸一口氣，有點心虛地跟著許星純進門。院子裡有條大黃狗，看到他們，嚎叫著衝過來，興奮地對付雪梨搖尾巴。

一人一狗大概對視了五秒，付雪梨的嘴角抽了抽，往許星純身後躲，拽住他的袖子，聲音轉小：「我怕。」

她怕狗，卻不知道為什麼天生就很受狗喜愛。小時候也是，路邊的流浪狗特別喜歡跟著她回家。上次拍戲的時候幸虧許星純攔住了那條警犬，不然付雪梨被嚇得毫不顧忌個人形象的醜照，很可能會直接被放上當天熱搜頭條。

一個頭髮花白的老頭坐在屋簷下的椅子上，閉著眼睛似乎在聽曲，搖頭晃腦。付雪梨被許星純牽著，兩步踏上臺階，小心叫道：「爺爺好。」

老頭沒什麼反應，好像沒看到他們。

「老人年紀大了，耳朵不好。」許媛進屋端菜出來，擦擦手，邊綁圍裙邊問：「是許星純帶來玩的朋友嗎？」

問得太含蓄了。

「姑姑，她是付雪梨。」許星純言簡意賅。

「喔，是嗎？」許媛有點驚訝，這才仔細去看付雪梨，笑道：「一轉眼都這麼大啦，上次看到，還是個在讀書的小女孩呢。」

雖然她的出現很突兀，但許媛沒有多問，隨便交代了幾句就去廚房做飯燒菜。

老頭的嘴裡不知道哼著什麼。許星純過去，從旁邊撿幾塊木頭丟進炭盆裡，然後帶付雪梨去了一個房間。

「坐床上，我找吹風機。」

付雪梨莫名其妙地問：「找吹風機幹嘛啊？」

幾分鐘後她就懂了。

許星純走到她身前，彎下腰，把她被打濕的雪地靴脫下來，連帶著襪子一起。

吹風機轟鳴的響聲裡，配合著付雪梨的心跳，一下一下，重重地跳動。

不由得想到……像許星純這種刑偵類的警察，是不是觀察力都特別強？太細心了吧……

「你為什麼對我這麼好？」付雪梨身體向後傾，雙肘撐著床，眼睛看向別處，聽到自己一本正經地發問。

明明知道答案，偏偏要矯情，雖然身心很舒暢。

其實她否認不了，自己很喜歡這種被許星純寵著哄著的感覺，被人好好照顧、呵護的感覺滿好的。回憶起小時候，他對她的溫柔和別人從來就不一樣。偶爾像濺開的火星一樣暴烈，但大多數的時候都是抒情又安逸。

靠著櫃子吹乾鞋襪，過了一會兒，鼓噪的聲音停了。許星純一聲不響地蹲下，握住付雪梨的小腿，幫她把鞋襪穿好。

看了牆壁上的鐘，他低聲道：「先睡一會兒，我等等叫妳起來吃飯。」

午飯和晚飯都很豐富，檀木的圓桌上滿滿當當都是菜，熱氣騰騰，色香味俱全，很濃的家鄉味。他們吃飯很規矩講究——食不言，付雪梨埋頭一直吃。

晚飯吃完後，許媛用付雪梨聽不懂的家鄉話和爺爺交流了一番，老頭摸索著拐杖，顫顫巍巍地起來去內堂。

後來，老人家拿了一個紅包來給付雪梨。

付雪梨用眼神向許星純求助。

他點頭，示意她接過。

直到許星純去廚房，付雪梨亦步亦趨跟在許星純身後，發愁道：「是不是不太好啊？這個紅包。」

「有什麼不好？」

「我……我覺得要老人的錢不太好……」她欲言又止，「算了，我好好保管吧。」

許星純打開爐子為付雪梨熱紅棗牛奶，順便洗碗，簡直英俊又能幹。

付雪梨站在旁邊看著，很快就忘卻了這點煩惱。

他從櫥櫃裡拿出一袋小番茄，洗乾淨後裝在碗裡，放在她面前：「吃吧。」

付雪梨驚喜地說：「你還記得我喜歡吃這個！」

「嗯。」許星純繼續洗碗。

一連吃了幾個後，她突然意識到什麼：「你要吃嗎？」

「我手髒。」許星純放低了聲調，「餵我。」

「喔……」付雪梨挑了一個小番茄，稍微遲疑了一下，然後送到他的嘴邊。手這麼舉著。

過了一會兒，他才張嘴，然後吞下去。

付雪梨很享受兩人這樣的相處，很家常又很舒服，像結婚多年的老夫老妻一樣，普通且溫馨地在廚房裡消磨時光……

忽然覺得臉有些燙。她低聲和他說：「你奶奶呢？」

「我小時候就去世了。」

「你家裡還有別的親戚嗎？」

「有。」

付雪梨吃著小番茄，牙齒輕輕一咬就噴汁。嘴唇被染得鮮紅，嘴角也沾了一點番茄汁。

許星純抬手替她擦去。

鬼使神差地，付雪梨伸出舌頭舔了舔他的手指，濃濃的笑意在眼裡流轉。撩心又刺骨。

鍋裡的牛奶沸騰起來。

把她的手握在手心裡，許星純關了火，把她的腰固定住，嘴唇堵了上去。

「小純，今天你帶雪梨去後院左邊數來第二間房睡——」

許媛推門進來，探頭往裡頭看，看到低著頭遮臉的付雪梨。還沒說完，話音就消失了，廚房的門被關上。

廚房內安靜了幾秒。

付雪梨轉動手腕，想掙脫出來。兩鬢的髮絲微亂，還是不肯抬頭。剛剛被吻得身體酥軟，臉上自然浮上一層紅暈：「你姑姑剛剛看見了嗎？」

「應該沒有。」許星純聲音低低的，帶點慰哄，「沒事。」

「我想洗澡。」她點了一下頭，悶悶地。

院子是很多年前的格局，洗澡的地方在後面，有點遠。開了燈，外面也黑黑的。付雪梨膽子小，讓許星純站在外面等她。

晚上的院子依舊燈火通明。一輪冷月掛在天邊，石磚砌的小花壇邊上蹲著一隻小花貓，喵喵嗚嗚地叫喚。

付雪梨渾身的水氣，穿著厚厚的珊瑚絨睡衣悄悄走過去，從後面狠狠撲過去，蒙住許星純的眼。下一秒，就被人圈進懷裡。

耳朵貼著他的胸膛，心跳規整有力。

許星純身上帶著一點春夏交替的草木香，每次聞到，付雪梨都像被閃電打了一下，麻麻的感覺流遍全身，她真的很喜歡。

仗著今天大姨媽來，她簡直為所欲為。手臂抱著他的脖子，用盡渾身解數蠻橫地吃纏，像動物似的磨蹭，就是不鬆手：「許星純，今天我想跟你一起睡。」

已經是晚上十一點多，烏雲挪了一角，露出點點月光。樹枝上的枯葉被冷風吹得搖搖晃晃，無聲無息地飄到地面。付雪梨一點都不睏，她踮起腳，緊緊依偎著許星純。像隻小貓，討好地蹭了蹭他。

「許星純，你胸口好燙啊，是出什麼毛病了嗎？」付雪梨抬頭，忽然問了這麼一句。

沉默了半晌，他摸了摸她的頭髮，然後說：「心律不齊，內臟有偏離。」

「……」

不愧是學過醫的人，心跳加速都能說得這麼有文化。

「我今天晚上要跟你睡，你還沒答應我。」她退開一點，又重複了一遍。

「好。」

得到回答後，付雪梨又湊近許星純，親了親他的下巴，不等他有什麼反應就立刻跳開，大膽調戲道：「你知不知道自己長得很好看？」

「……」他始終注視著她。

「你別過來，小心我又親你。」她似真似假地威脅。

許星純過來，牽住她手腕，柔聲道：「外面很冷，先進去。」

「你不信我會強吻你？」

「信。」

「呿。」付雪梨撇嘴，歪著腦袋，「你總是這麼無趣，我不想親了。」

回他房間的路上，她突然想到什麼，從口袋摸出一樣東西：「我有兩顆糖，剛剛吃飯時，隔壁小弟弟跑過來給我的。」

付雪梨攤開手掌，粉臉低垂：「分你一顆。」

一紅一綠，西瓜和荔枝的味道。

她問：「你喜歡吃哪個？」

「荔枝。」

這個回答讓付雪梨若有所思了一會兒，轉頭看了許星純一眼。

記得國中有一次，許星純上課突然發瘋問付雪梨，要不要和他在一起。

在一起的意思就是談戀愛。

那時她先是震驚，心感覺像被掐了一下，更多的是莫名其妙。停滯了幾秒，接著無情地拒絕了他。

因為那時候付雪梨是個叛逆美少女，對她來說，這個從髮根到腳底都寫著嚴肅的班長，就算帥，也不能當她男朋友。

許星純被拒絕後，對她倒是明顯冷淡下來。視線從來不主動和她交匯，下課就悶頭寫作業，但是付雪梨看著他對自己愛搭不理的樣子，征服欲卻有些膨脹了起來。

之後幾天，下課她在後排和一群男生打牌，他在教室後面掃地。付雪梨在打牌的間歇，看到許星純冷冷地瞪著她。

她不甘示弱，回了他一個呲牙咧嘴的表情。

這種僵硬的相處狀態大概持續了一個星期。某天，付雪梨上課轉頭和別的同學說話，許星純抄完板書後從講臺上下來。停下腳步，眉頭緊皺起來，用沾了粉筆灰的手去提了提她快滑到肩膀的T恤領口，遮住露出來的內衣肩帶。

她呆了一下。

大庭廣眾之下，動作完全是下意識的，並且和付雪梨說話的人看到這一幕後，嘴巴已經張成了小〇形。

等許星純從座位上拿了一瓶礦泉水，去外面洗手，後面的人用手臂頂她，恍然大悟道：「嘖嘖嘖，看不出來啊！原來妳和班長關係這麼曖昧？」

付雪梨其實也被他剛剛的動作弄得有點尷尬。翻了一個白眼，她不吭一聲就轉過身，一把抽出抽屜裡的枕頭開始裝睡。

兩人一個上午都沒說話。

等到下午第一節下課，物理老師站在門口吆喝，要小老師下節課上完時收作業。

許星純坐在座位上寫作業。

把旁邊的窗戶拉上，一動也不動地趴了好一會兒，付雪梨轉過頭來問：「喂，耶誕節你想要什麼？」

他說：「什麼都不要。」

她放了一顆荔枝口味的糖果在他的課桌上，厚臉皮地說：「班長，其實我想要你的物理作業。」

「……」最後，他還是被一顆水果糖收買了，抽出自己的作業本遞給她，「有什麼不懂的可以問我。」

說完這句話，彷彿什麼都沒有發生，繼續低頭寫自己的作業。

他皮膚白皙，從鼻尖到下頜，還未成熟的五官已經初現精緻。

付雪梨雙手交叉，疊在腦後，不知道怎麼地腦子一傻，鬼迷心竅地問道：「吻你喔。」音調明顯發生了變化。

許星純似乎微微一愣，筆尖一頓。慢慢地，耳尖發紅，嘴唇緊繃，仍舊不看她，臉上還是很平靜：「嗯……」

「那我吻嘍？」她繼續發瘋，眼睜睜看著他的側臉出神，還有一個可愛的小酒窩。

「好。」許星純頓了頓，手裡的筆已經被放下。他看著眼睛都直了的付雪梨說：「可以。」

放蕩隨心慣了的付雪梨四處望了望，逮到機會，湊上去往許星純的嘴唇一咬。

軟軟的，像果凍，甜滋滋的。

嘿嘿笑著，付雪梨咂咂嘴，稍微回味。

於是，後半節課，許星純丟下桌上一攤作業本，人就消失了。

學校二樓的男廁。水池裡嘩啦啦地漏著水，許星純低頭，兩手撐著洗手檯。

他臉色紅潤，被逼得微微喘著氣，呼吸淩亂急促，水珠順著額角眉梢，滴滴答答往下掉。

怔愣了好一會兒，看著冰冷黑灰的牆壁，慢慢地，許星純略微回神。抬起右手，也是濕的。用手背，帶著一點小心翼翼，輕輕蹭了蹭自己的唇。

想到這些往事，她忽然有些懷念了。

付雪梨收起西瓜口味的，剝開荔枝口味糖果的糖紙，捏著放進自己嘴裡，然後一把拉過許星純的脖子，捏住他的下巴，閉上眼睛，唇對唇貼了上去。

軟軟的小舌頭伸出半截，劃過唇縫，有刻意引誘的意味。

他的唇像炙熱的冬雪，又像櫻桃的紅，帶著濕潤冰涼的空氣，唇齒之間軟且甜。

有點糟糕，喜歡好像是互相傳染的。

以為自己早已經變成了一個老於世故的大人，見一個討厭一個，平平淡淡，對愛情已經掀不起什麼波瀾。但付雪梨感覺自己……越來越沉迷許星純了。

「你起反應了耶，許星純。」

「嗯。」

「怎麼辦？」她腦子昏昏沉沉地，湊到他耳邊，「要不要進房間，我幫你解決？」

「不用了。」許星純的嗓音已經沙啞，換了個姿勢，扣著她的後腦勺往自己的頸窩裡壓。把人抱得緊緊，密不透風。

他的呼吸熱熱的，兩人是一偏頭就能親到的距離。

「你看你，又在假正經了。」付雪梨哼哼唧唧，「你知道以前宋一帆跟我說你什麼嗎？」

他評價許星純，有一段很搞笑，她一直都記著。

「許班長，這麼說吧，從男人對男人深入靈魂的瞭解，班長這個人比妳想像的還要有顏色，表面正經八百，其實特別騷！」

最後她還是無法幫他解決，許星純獨自去浴室洗澡，留付雪梨一個人在房間裡，捂著自己的小肚子，在床上翻滾。

望著床頭的燈罩發了一會兒呆，暈暈地透著一些光。付雪梨才覺得自己的喉頭有些乾熱，就看到許星純從窗戶邊走過。

他單手端著一杯水，反手關上門。

「我剛剛突然有點害怕。」

等許星純走近了，付雪梨跪起來，手摸上他的腰。

他彎腰摟過她，貼在耳邊，夜深人靜之時，聲音有種低低的溫柔：「喝點溫水。」

關了燈，房間裡陷入一片黑暗沉寂。

付雪梨的手從被窩裡慢慢摸索到他的頸窩，再滑到下巴：「其實我這幾年過得也不好。拍戲老是日夜顛倒，有時候在飯店作夢夢到你，醒來就很失落，發呆的時候還會很愧疚。」

這番話，說得有些違心。

雖然很沒良心，其實這幾年，付雪梨不怎麼敢想許星純。因為只要一想到他或者和他有關的事，她就會被濃重的愧疚感包圍，還夾雜著說不清道不明的悔意，心裡糾結著過不去。

太難受了，付雪梨寧願自己好了傷疤就忘了疼。

她從來就不是聖人，明知道自己作惡多端，偶爾也會自我鄙夷。

她控制不住心裡偶爾冒出來的念想。

許星純這幾年沒有她，過得非常孤獨無趣，每到深夜都能忘記她的壞，想起她的好。

如今重逢，她還能用溫情填滿他的裂痕。

訥訥地說完這番話以後，付雪梨想親他又搆不到，於是有點氣惱，還有一些心虛：「許星純你好冷漠，什麼也不對我說，憋在心裡會憋出病來的，還是說你完全都不心疼我？」

「心疼妳什麼？」

「什麼！」付雪梨把他推開，質問道：「你為什麼這麼絕情？」

可惜嬌脾氣還沒發完，就被掰著轉過臉，許星純強迫性地又落下一吻，一個接一個。

比唇舌交纏還要命。

心臟一陣一陣地發顫，被他單手按著，半強迫的味道。付雪梨又掙脫不開桎梏，呻吟著雙腿亂蹬。

拇指撫弄她的唇，許星純屈肘，俯首在付雪梨的眼皮上親了親。房間裡安靜，他聽著她斷斷續續的囈語。

「其實……我覺得我很自私。我怕你這幾年過得不好，又怕你過得太好，我雖然知道自己對不起你，但是也不希望你沒有我，過得很幸福。」

過得幸福？許星純有些自嘲。

離開付雪梨以後，他別無選擇，只能想盡辦法掩飾一塌糊塗的自己。

剛開始那幾年，日子過得很爛，時間過得太慢。

知道她成了明星，他不敢看電視，不敢看娛樂新聞，不敢接觸任何和她有關的東西。

無數個深夜都在想。

把手槍藏進外套，然後乘著火車去找她，因為許星純也受不了這樣的自己了。

那樣完完全全愛著她的他，渴望到近乎迷戀。每分每秒，都快逼瘋他。

等旁邊的人呼吸變得勻稱，片刻沉寂後，許星純才慢慢睜開眼。

在黑暗裡，靜靜看著她熟睡的輪廓。他意識很清醒，一點睡意也沒有。

他喜歡聽她的心跳和呼吸，溫熱的身體近在咫尺，伸手就能觸摸到。

只是怕夢魘過後一睜眼，又是自己空想一場。

§ § §

抱著軟綿的枕頭，付雪梨一整晚都睡得很死。她的睡姿很難看，被子捲在身上，手臂和腿懸空一半。

趴在床上，她睡得迷迷糊糊時聽到電話響。睡意濃濃地嚶了一聲，被吵得有點不耐煩，嬌滴滴地啞聲催促：「許星純……你接電話啊，好吵。」

然後換了個姿勢繼續睡。

過了一會兒，放在櫃子上的電話又開始嗡嗡震動。

付雪梨唰地睜開眼，花了幾秒鐘清醒過來。一把抄過手機，看到來電頓了足足幾秒，翻身起來，拍拍臉讓自己清醒。然後用一種我是流氓我怕誰的厚臉皮心態接通唐心的視訊電話。

『付雪梨，妳是死了吧！最近躲到哪個鳥不拉屎的地方去了，怎麼都聯繫不上？我行程都幫妳排到爆滿了，妳還在逍遙快活！』

付雪梨裝聽不懂：「我在休假呢，姊姊。」

兩人的確有好多天都沒通電話了。付雪梨覺得頭痛，最近過得太瀟灑快活，與世隔絕，都快忘了自己是掛在高樓大廈的巨幅海報裡的妖嬈美豔大明星了。

「妳怎麼了？心情不好？」付雪梨察覺到唐心有點不對勁。

這一問，成功轉移了唐心的注意力和火力。

擁著被子，歪在床上和唐心視訊。付雪梨聽著她咒罵：『那個臭婊子，只是之前在方南MV裡露了個臉，我過段時間找人整死她。搶我男人，看我還弄不死她。』

唐心和她的現任男友，這幾年鬧了數不清多少回的分分合合。付雪梨見過那個男的，只知道他是投資銀行的，是個情場老手，喜歡玩學生妹。

唐心灌了一口酒，被嗆得涕淚齊流，頭頂的義大利吊燈晃得刺眼。

她一直都是個光鮮優雅的女人，善於陰謀算計，現在一手夾著菸，臉上的妝也花了，顯然大哭過一場。

太狼狽了，像個腦殘。

付雪梨冷眼旁觀，勸道：「傻大妞，妳有什麼好想不開的？沒了渣男，多得是追著哭著要妳的，腦子傻了才在這裡這麼傷心。」

唐心鬱悶地扔掉高腳杯，恢復正常說：『算了，說正事，妳明天下午就回公司報到，最晚後天。』

付雪梨沒吭聲。

那邊繼續說：『前幾天我又簽了一個人，準備先給她兩部戲試試，有靈氣有天分，但是有點後續無力。身材臉蛋都比不上妳，要削骨然後做鼻子。本名叫什麼來著？是個美籍華人，忘了。我最近打算培養一下新人，反正妳過不了幾年也要轉型了。喔對了，還有個消息，《破曉》又改檔期了，是上面的意思，保守估計可能暑期可以上映。』

聽唐心交代完工作上的事，付雪梨起床洗臉刷牙，眼睛四處咕溜了一圈都沒有看到許星純，不知道去哪裡了。

桌上有剛熱好的粥和小菜，清淡可口。付雪梨吃飽喝足後，端著滿滿一杯的甜牛奶出門，打算去找許星純。

一腳剛踏出門外，就看到眼熟的大黃狗蹲坐在地上曬太陽，看到付雪梨汪了一聲，一人一狗相視而立。

屋簷下還掛了個鳥籠，籠裡的鳥吱吱喳喳叫著。

畫面有些閒情逸致，可事實上，付雪梨一動都不敢動。

眼見大黃狗有開心地撲上來的趨勢，她往後退了兩步，大黃狗被人出聲呵斥住。

「這隻狗不會進屋，也不咬人，別怕。」

付雪梨轉頭一看，是許媛。她不好意思地笑笑，為自己的膽小做解釋：「我小時候放學被狗追過，所以特別怕……」

「阿姨，您知道許星純去哪裡了嗎？」

許媛想了想，說：「他應該去做飯了吧。」

「喔……」付雪梨的手指摩挲著玻璃杯。

許媛懷裡抱著一堆大衣，對付雪梨說：「妳跟我去房裡拿點益母草，泡著喝一點，經痛會好很多。」

付雪梨應了一聲，三步併兩步跟著許媛，經過內堂、荷花池，往裡面走去。

一進屋，許媛動作很俐落地脫了鞋，把衣服放好。付雪梨雙手揣在口袋裡問：「阿姨，需不需要我幫忙啊？」

「那邊有個木箱看到了嗎？益母草在第二層，妳找找看。」

等許媛收拾完，看付雪梨默默蹲在那裡，不知道盯著什麼看。她走過去，邊挽起頭髮：「怎麼了，沒找到？」

「找到了。」付雪梨急忙回答，抬頭看她一眼，「阿姨，我看到有本相冊，我想看看。」

她對小時候的許星純太好奇了。

許媛笑：「想看就拿出來看啊。」

得到允許，付雪梨立刻把相冊拿出來。

翻開第一頁，是一張略為泛黃的合照，一男一女，兩人都微笑著。女的眉目含情，氣質優雅溫婉，低調又沉穩的男人攬著她，讓人眼前一亮。

在一旁看著，許媛過了一會兒才笑著說：「這是許星純的爸爸媽媽。」

付雪梨點點頭，看出來了。

許星純的母親在那個年代，可真是個貨真價實的大美人。研究了五官，她發現許星純的下巴和鼻梁都很像他的媽媽，怪不得總覺得他有點秀氣。

又翻了幾頁，付雪梨突然發現一件事，她有些驚訝地抬頭，一臉不可思議的表情：「原來叔叔以前也是警察嗎？」

許媛不知道想到了什麼，沉默了一會兒，嘆了口氣，點頭說：「是的。」

「那叔叔……」一個念頭突然閃過，付雪梨不知道該怎麼問。

許媛平靜地說：「許星純沒跟妳說過嗎？他爸爸是在執行任務的時候死的。」

「啊？」這個重磅消息砸下來，讓付雪梨有些亂了陣腳：「我不知道……」

「家裡的事情有些複雜，當初我們勸過許星純不要學我大哥走這條路，到頭來還是命。」許媛的聲音毫無情緒，甚至有些冷漠，「如果妳要和他在一起，要做好心理準備。緝毒刑警的家庭並不會太幸福，意外不知道會不會在下一秒發生。」

驚濤駭浪終歸於平靜。一番話在心裡千迴百轉，付雪梨搖搖頭：「沒有，是我主動找許星純的。」

她眼睛一眨也不眨，看著相冊上面容稚嫩的小男孩，低聲道：「我自己的事情，我自己說了算。感情和生活都是。」

一本相冊，一個局外人，這是許星純從小到大的紀錄片。

往事一幕幕閃過。他的照片並不多，且每一張都很少有笑容。

許媛說，許星純從小就命苦。

他是很偏激的性格，從小學就看得出來。被人罵了，他就打回去，不要命地打，後來大一點了才收斂一些。

因為家庭因素，他很早就懂事了，在男孩在足球場上尖叫奔跑、女孩穿花裙梳馬尾的年紀，許星純不做飯，家裡就沒有飯吃。

§ § §

廚房裡。

許星純圍著圍裙，手腳俐落、動作純熟地切薑絲，剔魚骨。厚薄勻稱的一雙手沾滿了鹽巴，打開一瓶料酒，在瓷磚檯旁撞到了一下。

付雪梨躲在外面偷看他做事，想到許媛告訴她的一些事，心裡有點難受，又說不清楚。笑也笑不出來，哭也哭不出來。

飯桌上。付雪梨大口吃菜，努力往嘴裡扒飯。垂著腦袋，只要聽到他的聲音，鼻尖就有點酸酸的。

冬天的天總是黑得特別快，剛過五點，夜幕就降臨了。爺爺出門遛狗還沒回來，許媛放不下心，出門去找。

剛剛在床上睡了一會兒，許星純拿著杯子喝水，準備去廚房做飯。手指在付雪梨的鼻梁上滑過，極輕極溫柔，察言觀色地問道：「妳今天怎麼了？」

她今天低落的情緒，他明顯察覺得到。就連睡午覺，付雪梨也寸步不離地陪在他身邊，少見地乖巧。

他很聰明，很快就猜到了：「是不是我姑姑跟妳說什麼了？」

付雪梨吸吸鼻子，舉著一個不知道從哪裡摸出來的打火機。大拇指用力，啪地按下打火機，火苗撲閃。旁邊的突刺把她的手劃出一道細微的傷口，有血珠滲出。

微弱的火光映在兩人之間，付雪梨一點都沒察覺。

「許星純，你許個願望。」

沒頭沒腦地，他看著她不出聲。

「我也要許個願望。」她看著他，眼睛有點紅，「我要許星純平平安安，這輩子都過得比別人幸福一千倍、一萬倍。」說完，付雪梨認真地吹滅火苗。

許星純抬手捏了捏她脖子，微笑。雖然偶爾抽菸，但是他的唇齒保養得非常好，嘴唇紅且濕潤。

付雪梨醞釀了半天又洩了氣，她眼角潮紅，露出非常誘人又可憐的表情。

許星純向來道德感不高，更不是矜持得像菩薩一樣清心寡欲，他有貪欲，於是傾身在她唇上落下一吻：「怎麼突然這麼乖？」

她不管不顧，張開手臂，圈住他的腰。

終於，鼓足了勇氣。

「許星純，如果我喜歡，我就喜歡全部的你。不論你多壞，誰也不能讓我離開你。」付雪梨退開一點，正視他，「我想聽你說以前的事情。」

她知道許星純的另一個生活面，儘管不多，可還在不停地可惜和後悔。

撕破天幕的驚雷。他歇斯底里地暴怒、絕望的時候，她卻沒能溫柔地抱緊他。

「手疼嗎？」許星純低頭，手順著她的手腕下滑，握住。額頭相抵，四目相對。

他柔軟的嘴唇掠過她滲出血的指尖，像是最親柔的吻。擦掉她眼角的一點濕潤，他問：「妳想聽什麼？」

付雪梨抬頭看著許星純，嘛起唇湊上去，很小心地回應他。思緒卻開始游離……

不知道要從哪裡問起，似乎也沒有什麼好的開頭……

他們站在廚房門口。針織毛衣一點都不擋風，付雪梨覺得有股寒意從腳底升起，冷得牙齒打顫。她用手搓了搓自己的臉，讓腦子清晰一點。

想了又想，付雪梨小心地開口：「今天你姑姑給我看了你小時候的照片。」

「嗯。」許星純靠在門邊低頭看著她，做出洗耳恭聽的樣子。燈光之下，眉目清晰。

「我以為你小學就很聽話，三好學生之類的獎狀拿到手軟，但是你姑姑說，你一個獎狀也沒有拿回家過。」

說完之後，抬頭瞧了瞧，許星純的臉上似乎有點笑意。

她心安了一下，接著說：「你國中成績這麼好，高中也是，誰知道你小學時居然是個調皮鬼。」

頭頂的光線很暗，許星純用指背抹了鼻尖，輕咳一聲說：「我不像妳一樣，很調皮過。」

付雪梨假裝沒聽見他聲音裡的調笑：「你能跟我說說你爸爸媽嗎？」

「等以後。」他斂了一點笑容。

「那……你的媽媽，是……你大學畢業的時候……」

許星純的喉頭動了動：「癌症晚期。」

手指上細小的傷口本來不覺得疼，現在倒是微微疼了起來，跟著心尖抽了一下。

額頭抵上他的肩胛骨，腦袋紮得低低地，一呼一吸之間全是熟悉的味道。

有點不知所措。

沉默了很久，付雪梨才低聲試探地問了一句：「你那時候……是不是因為我……」

她想了想，後面的話猶豫了幾次，把「自殺」這個詞改成了「自殘」，再想了想，又把「自殘」改成了「受傷」，這才說出口。

她有點忐忑：「你那時候是不是因為我受過傷？嚴重嗎？」

許星純被她壓得背抵著門板：「不嚴重。」假話。

明知道他說的是假話，她卻沒勇氣深問。付雪梨承認自己是個膽小鬼，表面上擁有十分強烈自我的人格，但每次都只是嘴皮子上下一碰，其實根本沒勇氣面對自己犯的錯。

窗外暮色漸濃，大黃狗在院子裡懶洋洋地溜達來溜達去，有炊煙的味道。他們相對而立，像電影裡的主角，中間跨越了數十年，兜兜轉轉還能回到原點。

牆壁上，相框裡黑白照片中容貌年輕的父母笑容依舊。記憶像決堤的河，流回到最初——

§　§　§

小時候，許星純住的地方有一個賣番薯的女人，丈夫生性暴虐，酗酒成性。這個女人從小母親就死了，隨後被攆出家門，為生活所迫坐檯賺錢，最後嫁給現在這個丈夫。

後來，這個女人消失了。

因為丈夫吸毒借高利貸，兩人雙雙跳河自殺了。

吸毒的普通人，最一般的下場，就是死。死在一家小旅館的床上，手臂上插著一個注射器，或者死在這個世界上沒人知道的地方。

這是他的父親說過的話。

但那時候他才五歲，不懂得什麼是死亡。

許星純的父親是緝毒刑警。他的圈子裡只有三種人，緝毒刑警、毒販和癮君子。

緝毒刑警有狙擊手和外科醫生的耐心和精準，不怕死，隨時準備好蓋旗子。

但走錯一步，就不能重見天日，天大的祕密都要放在心底腐爛。

八歲那年，那次是許星純見到父親的最後一眼。

連再見都沒來得及說，在家門口，父親雙手就被扭到身後銬了起來。母親追著他跑，被人一把推到地上。他回頭看了他們一眼，很快被按住頭，押上了車。

警車的門哐地關上了，上了大鎖，持槍的武警陸續上車。

自此以後，每到深夜，母親都在隔壁房間裡哭泣。

她是個美麗的女人。

如今卻變得神經質。

積怨發洩在許星純的身上，她用手掐他的臉、嘴、身上各種部位。日日夜夜，他的童年痛苦萬分，自尊心敏感，缺乏安全感。

街坊鄰居漸漸有流言傳開來。學校裡，有人用板凳砸他，嘲笑他的母親，手邊有玻璃杯，許星純就順手撿起來，面無表情地敲碎了，往那個人捅過去。

手臂和小腹全濺上了血跡，然後他被退學。

母親帶著他和所有人斷絕聯繫，去了臨市。抽菸、打架，在上國中前，他都會。

後來局裡的心理專家看著許星純說，他從小情緒就得不到正常抒發，負面心理一直被壓抑，一旦被釋放就控制不了。

他是有一點心理變態的。

是的。

對於許星純來說，不被這個世界需要，有著毫無意義的感受，一直持續了很久。

直到上了國中，他遇到一個女孩，一個長得很美的女孩。

穿著嫩黃的連身裙，每天她都會路過一個小巷子。

在那個小巷子裡，他像個見不得光的骯髒昆蟲，眼神病態，躲在角落裡窺視她。

看她的手攀上老舊窗臺，夕陽中，小貓順著手臂，跳落地面。

看她打碎了一個心愛的杯子，就哭了很久很久。

那時候的許星純臉龐瘦削，身上是略顯空蕩的白校服，在校園裡毫無存在感。

他偶爾會想著這個女孩自慰，像是一種不為人知的衝動，盛開在神聖純潔的十字架上，轉瞬又枯萎。

後來他轉了班，他們當了同桌。她很懶，上課遲到，總是幫他買校門口賣的餛飩，藉此叫他幫忙寫作業。

他們在一起時，許星純小心翼翼，把自己極端敏感的性格掩飾得很好，學會了收斂。

寂寥的生命裡，她是他唯一的一點樂趣。

他喜歡她穿那件嫩黃色連身裙，胸前有一顆珍珠貝殼的紐釦。看著她擺出各種姿勢，臉也在閃閃發光，「我除了美色還剩什麼？你只喜歡我的臉。」

她驕傲又任性，沒心沒肺。可他這個可憐鬼，對她的喜歡來得毫無道理，卻又無法抑制，只能不由自主地想盡辦法靠近她。

從來沒體會過人與人之間的親密關係，所以許星純才對這一切無所適從。

後來的後來——

也曾經想過，被她沒心沒肺地喜歡著也好，被她當作日常的消遣也好，過著沒有明天的日子也好。擺脫誘惑的方式就是屈服，放棄尊嚴和自由，保持著這份隨時會被收走的感情。

他的愛已經到了極限。

人心可畏。戰勝欲望的，永遠只有更高級的欲望。

§ § §

「許星純，過了就別回頭看，好不好？」

她說的時候，眼淚不知不覺地掉下來。

糟糕！

付雪梨趕緊從旁邊扯出一張紙巾蓋住鼻子，裝作擤鼻涕的樣子。手指壓緊，甕聲甕氣，不想被他看見自己哭了：「我也很慘的，我們一樣慘。如果那時候我知道你也這麼慘，我就不會拋棄你了。」

付雪梨這段時間因許星純哭的次數加起來，幾乎能抵上她半輩子向別人服輸的總和了，一點都不符合她從小到大囂張跋扈的作風，半點形象都沒有了。

許星純凝視著付雪梨嫵媚的臉蛋，目光停了很久，伸手撫摸她的臉，從眼睛到溫軟乾燥的嘴角。指腹略有些粗糙，刮過細嫩的肌膚。

付雪梨的臉很瘦，捏起來卻肉肉的。暴躁起來的時候像個生氣的小動物，內疚的時候就低眉順眼，一副承認錯誤的表情，脆弱又倔強。

「好啊。」

許星純的嗓子低啞，有溫柔的感覺。空氣裡有輕微震盪的氣流，敲打在耳膜上。

老爺子和許媛回來了，開門聲伴隨著犬吠。他們在堂屋裡擺桌椅，付雪梨今晚吃完飯就要走了。

廚房裡，許星純挽起衣袖，從餐桌上拿起乾淨的白瓷小碗，放在水池裡清洗。露出一點下手臂，緊繃的肌肉線條流暢。

不得不說，他的五官考究，極富有觀賞性。長相比圈子裡的很多小鮮肉都有格調。

她傾身過去，兩手撐在灶臺上歪著頭看他，怎麼看也看不夠。

許星純的手臂微微抬高，擋住她伸過來的手：「水冷，先別碰。」

付雪梨嗯了一聲，頭靠上去，身子柔軟，溫柔地說：「我過幾天要出國。看天氣預報，國內降溫了，你要記得多穿衣服喔。我看你們工作好辛苦，總是滿街跑。」

不知道又想到什麼，她驟然有些苦惱，又急著囑咐：「對了，許星純，你在外面執行什麼任務的時候，別對那些女人笑啊。」

他嗓子有點低啞，笑了一下問：「怎麼了？」

「對對對，就是這個笑。你知不知道這樣對女生笑，很容易引起犯罪。」付雪梨說得一本正經。

她把他當什麼了？

「我是警察。」許星純關火的動作頓了一下。

就是警察……才更有誘惑力啊……

她嚷嚷，一聲不響地抱住他的腰，手臂緊扣著他的後背：「我才不管你是什麼。」

§ § §

闔上相冊，許媛在床上坐了很久，嘆了口氣，擦擦眼角的淚，又把相冊放回原位。

看看錶，不知不覺已經晚上九點多了。

「你送她回去了？」

許媛推開門，房間裡亮著微光，見到許星純靜立在窗前。

聽到聲音，他轉過頭。

像許多有話不說的家庭一樣，他們安靜對坐。

許媛凝望著許星純，不知道為什麼，心裡有點慌：「已經準備得差不多了吧？你明天要走了嗎？」

「嗯。」

舔了舔乾澀的嘴唇，許媛的聲音艱澀，一字一滯：「其實很多事，根本不需要你去管，過去了就讓它過去吧……」

情緒有些失控，許媛連忙端了杯水，送到嘴邊，掩蓋自己的失態。

許星純看了她一眼，保持著先前的姿勢，低頭，沒有更多的反應：「我知道。」

過了好一會兒，許媛放下杯子叫他：「小純。」

「嗯。」他眼底深沉。

「……沒事。」

臨走前，許媛說：「我會好好照顧你爺爺的，他年紀大了，受不了更多刺激，你要照顧好自己，把手上的事情早點處理完，以後好好過日子。」

§ § §

把車開到臨近機場的停車場後，付雪梨打了通電話告訴付城麟位置，讓他找人來開走。

西西拖著大大的行李箱在候機室等她。

看到姍姍來遲的付雪梨時，西西都快哭出來了，急急忙忙迎上去：「雪梨姊，我還以為妳搭不上飛機了，剛剛打了好幾通電話妳都不接。」

一副比見到上帝還激動的模樣。

「我不是來了？剛剛在開車。」付雪梨摘了墨鏡，不以為然，四處望了望，「沒狗仔吧？」

「應該沒有。」西西滿臉笑容，「來了就好，來了就好。」

她們先轉機去申城，然後再飛巴黎。

剛到申城就下起了雨，果不其然，廣播裡傳出航班延誤的消息。到了晚上半夜，付雪梨整個人困乏至極，才終於上了飛機。

機窗外的種種夜色都模糊成了色塊。

怔怔愣神，心口像沉甸甸的石英鐘，付雪梨心想：時間是不是過得太快了？

應該說——和許星純待在一起的時間過得太快了，快得像只是一眨眼就過去了。

回憶起這幾天的種種，又想起臨別時，他俯下身，捏起她的下巴，心無旁騖地親她的嘴。

半強迫式接吻的那種頭暈目眩、雙腳發軟的幸福感，和現在離別的苦悶形成鮮明的對比。付雪梨現在身邊沒有他，感覺空蕩蕩的，難受得很。

思念無孔不入，很折磨人。

閒著無事可做，滿腦子都是許星純。甩甩頭，付雪梨戴上耳機，開始找電影看。

是一部〇四年的老片。影片開頭的一段對話讓她打起了一點精神。

「這是離開的唯一方法，我不愛你了，再見。」

「假如妳還愛他呢？」

「就不離開。」

「妳從沒離開過一個妳愛的人？」

「沒有。」

旁邊的西西已沉沉入睡，付雪梨拿了瓶水喝。

《偷心》裡有一段臺詞——

「有那麼一刻，人總有那麼一刻。那一刻，你覺得你可以傾其所有，你可以為之屈服，你無法抵抗。我不知道你的那一刻是在何時，但我打賭你也有一個。」

畫面被停在那一幕，像是被無限拉長。收回手，付雪梨有點揪心。

一輩子中總有些奇妙的時刻，讓人一瞬間可以想通很多事。

心中溢滿甜蜜苦澀，還有陌生的責任感。

後知後覺地，付雪梨其實有一點怕——許星純現在是在報復她。先抑後揚，先把她高高捧起來，再毫不留情地摔到地上。

就像當初的她一樣。用最溫柔的方式，放任她的任性和自我。到頭來才發現，一切都只是她至死不渝的一場夢。

如果時間能一直停留在許星純毫無保留地愛著她的那時候，該有多好。

付雪梨的眼睛有些發燙。

以前是她任性，以後她再也不了。

原本以為自己會睡不著，結果沉沉醒來，已經到了巴黎。一連幾天做事特別有力氣，看幾場秀，順便拍個ＭＶ。

同時國內發生了不大不小的事，不知道是哪家媒體放出來的緋聞消息，有個狗仔拍到付雪梨和一個陌生男人擁抱的照片。雖然模糊，但是作為隱隱有一線流量小花的她，在社交平臺上掀起了不大不小的輿論，各方媒體都在猜測這個男主角是誰，網路上倒是暫時沒動作。

唐心氣急敗壞地打電話過來問：『妳怎麼回事？』

彼時付雪梨正在飯店塗指甲油。她漫不經心地說：「沒事啊。」

唐心無語，在電話那頭暴怒：『什麼叫沒事？妳事業在上升期，我不是要妳小心一點嗎？』

「再怎麼上升，還能升到天上去？反正我都快三十了，被拍到就被拍到，怕什麼。」付雪梨懶得和她爭論：「就這樣吧，到時候對記者我也不知道會說什麼，大不了就引退唄。」

§　§　§

年後的任務格外繁重。

正在商議事情時，許濤推門進來說：「通知一件事，剛剛接到電話，今天有長官來局裡檢查工作。」而後便介紹身後的女人，「剛剛調來的美女，叫文文，業務能力強，有什麼事情就找她幫忙。」

所有人都在鼓掌歡呼，許星純獨自坐在角落裡，單手撐著額角，翻著檔案。

他下午要出勤。隨行的有許濤、文文，還有一個實習生。

他們都是話多的。實習生一上車，就和文文嘰嘰喳喳說個不停，一副熱絡的模樣。非常自來熟，聊到後來居然聊到了感情問題。

許濤逗他：「小子，你喜歡什麼樣的？」

實習生老老實實地回答：「漂亮的。」

「膚淺。」許濤打了他腦袋一下，轉頭問許星純，「許隊呢，喜歡什麼樣的？」

許星純在開車，隨口回答：「漂亮的。」

車內安靜了一會兒，這回輪到實習生笑了起來。

許濤也搖頭笑著，點燃一根菸，笑完忽然感嘆道：「記得以前我有個隊長，分派去雲南鍛煉時，有個特別漂亮的女朋友一起追過去，結果我們那個隊長直接勸她回去了。一個大老爺們，晚上喝酒拉著我哭。」語氣有些傷感。

「為什麼？」實習生睜大眼。

許濤指了指身上的警服、肩章，說：「因為這個，比什麼都重要。」

煙嗆到肺，止不住地猛咳。

幹他們這一行的，根本不敢隨便結婚。一旦出了事，就是兩個家庭的支離破碎。而且無論是多擅長等待的人，耐心也有被磨光的一天。

「抽一根？」許濤遞過一根菸。

許星純擺手，拒絕了。

「哎喲，怎麼？」許濤拍拍他的手臂。

他淡淡道：「最近在戒菸。」

夜幕之下，申城到處盡顯繁華，只是這個時段的路有點塞。

文文一直沒出聲。她對許星純有一點好奇，看太久，又怕冒犯到許星純。

年紀輕輕就爬到這種位置，性格有魄力，卻依舊溫潤冷清，禮貌而周全。任何普通不過的一件事給他做都很賞心悅目。比如開車，比如和人交談。

外表看起來又不算是溫吞的老好人。剛剛好，多一分就危險，少一分則平淡。

「最近有一部電影上映了，還不錯，要不要一起去看？」實習生轉頭和文文搭訕。

許濤在一旁幫腔：「年輕人交友真是迅速啊，去嘛文文，好不容易休息一下。」

文文剛想問許星純去不去，就看到他降下車窗，看著外面若有所思。

順著他視線望過去——

華麗的火燒雲下，商辦大樓掛著巨幅海報，上面的女明星美得驚心動魄。

第十四章　公開

短短一句話，讓整個場面靜了下來，實在是太令人錯愕了。

「真美啊……」

看著那張比巴掌大不了多少的臉，文文小聲感嘆。撩起眼皮，又看了看星純。

他置若罔聞，指尖在方向盤上敲了敲，繼續開車。

文文暗想：剛剛他那麼專注的神色，是不是只是自己的錯覺……

「嗯，什麼？」許濤剛接到電話，眉頭越聽越揪緊。掛斷電話，他對許星純正色道：「剛剛有人在火車站那邊碰頭了，我們要去看看嗎？」

許星純問：「幾點的時候？」

「下午五點左右。」隨後查看手機，許濤報了一個地名。

車子轉了個彎，往西站的飯店方向駛去。

實習生剛剛還無精打采的，聽到這句話高興極了，問：「我們要去蹲點了嗎？這還是我第一次出真正的外勤！」

「你和文文等等把車開回去。」許星純捏了捏眉心，對他的熱情無動於衷。

被他冷漠的樣子打擊到，實習生有點小失望：「啊……我們不去嗎？」

許濤伸了個懶腰，謔笑著問：「怎麼，想跟著？」

「想！」

「你和文文現在穿這一身衣服，能跟著我們去工作？」

「難道……不行嗎？」

許濤問：「除了集體活動，你什麼時候看到我們隊出勤穿著警服？」

看著實習生恍然大悟的表情，許濤順口提了一句：「幹這行啊，多動動腦子，要對得起你身上這身警服，不然怎麼死的都不知道。」

因為緝毒這個警種的特殊性，大多數的時候需要跨省追捕犯人，他們通常都要隱藏身分。所以平時用的都是化名，在外面很少穿警服，也都不帶槍枝。

說起這件事，許濤調侃道：「你們不知道吧？之前發生了意外。許隊的照片被人放上網路，他媽的還有人寫表白信寄過來。聽他們喜歡上網的說，許隊差點還上了最帥民間帥哥什麼的排行榜，主要是當時沒跟報社那邊的人溝通好，側臉還是正臉被放出來了。雖然後來局裡聯絡人全部撤掉了，但還是造成了一點影響。你們沒發現，這段時間許隊都沒有在分隊這邊出外勤，執行任務嗎？」

文文的確不知道還有這一回事，臉上隱隱露出了擔憂，掩著嘴說：「原來是這樣，這麼嚴重嗎？」

許濤不以為然，揚眉：「是啊，妳以為呢。現在毒販也看新聞，記人臉、記車號咧。現在花裡胡哨的東西太多了，要記住，只要是我們在網路上露臉的照片，全都得打上馬賽克。」

實習生都聽呆了，把崇拜的目光投到許星純身上。

夜色並不濃重，他的側臉在在光線掩映之下，依舊能辨析出清雋的意味。

怪不得照片能引起網友的花痴⋯⋯

許濤這個人傾訴欲很強，打開了話匣子就劈里啪啦地說個不停。主要是講自己以前的光輝歷史，一段接著一段，把兩個沒什麼工作經驗的菜鳥唬得一愣一愣的，心跳都有點失控。

一番話說完，實習生陷入沉思，沉默了一會兒才問：「許隊也有過這麼坎坷的經歷嗎？」年輕男生通常都很好奇。

在他的注視下，許星純倒是沒什麼特別的反應，只問：「什麼是坎坷？」

他個性向來比較清淡，大家都習慣了。

許濤拿過菸盒，抖出一根菸，又按下打火機點燃。抽了兩口，把車窗降下來說：「你別看你許隊現在安安靜靜，不怎麼愛說話，一副高冷男神不惹俗世塵埃的樣子。他和毒販火拚的時候，你還在上國中呢。」

「和毒販火拚！是不是很危險？」文文的腦子有點轉不過來，也想像不到許星純居然有這麼勇猛的時刻。她不知道自己想說什麼，「你們不怕死嗎？」

「怕啊，當然怕了。」許濤好笑，「但再危險，也總要有人上啊。」

他被毒販用槍頂著腦門兩次，只要那根手指輕輕一勾，自己就光榮了。但是經歷了那麼多，到現在，早就有一點看淡生死了。

也沒有別的原因，只是還記得當初剛進警校，聽老校長說的——

警察嘛，這個職業本來就危險而光榮，要對得起身上穿的衣服。

§ § §

打發完了文文和實習生，他們去城區那邊守到十點，嫌疑人轉移陣地了，於是他們又坐車去一家快捷旅店門口蹲守。

一個胖子熬不住，有點餓，下車去路邊買了顆番薯來吃。坐在車上剝皮，當聞到食物的香味時，感動得眼淚都要流下來了，雙眼放光，大口啃了兩口，趁隙抬頭問：「純哥，你要不要吃？還是熱呼呼的。」

「廢話！」旁邊有人無語，「你他媽知道許隊有潔癖還故意問，自己吃吧你！」

胖子嘿嘿笑起來。

他們平時都不在一起工作，在執行某些任務的時候才會在一起。去年八月，申城警察局禁毒分隊從各個分局抽調人員，成立了一個專案小組，要解決一起警方督辦的特大案件。忙起來的時候天天就要像這樣找線索、蹲點、審問毒販。

到淩晨一兩點，蹲守的人都有些疲倦了。許星純降了一點車窗，讓冷風吹進來。許濤打了一個哈欠，用手抹去眼角的水光。剛剛放下手，眼角瞥到了什麼，他迅速把頭撇過去：「你們看門口，他們好像出來了。」

這番話讓車裡的人都打起了精神。

許星純拿過對講機，眼睛一瞬不瞬地盯著那邊，低聲通知其他兩輛車。

胖子也停止咀嚼，把沒吃完的番薯丟在一邊。

兩個人，看身形很年輕，一男一女。他們站在門口商量了一會兒，女的攔了一輛計程車，男的自己開了輛帕薩特。

對講機裡傳來聲音：

『確認了，那個男的車裡有貨，直接抓。』

那個男人的警覺性很高，很快就發現身後的車輛不對勁，眼裡閃過一絲凶狠，腳踩油門開始瘋狂加速。

跟在後面的許星純還算冷靜沉著，告訴其他人：「把安全帶綁好。」

胖子看著他冷酷的表情，有點怕，趕緊拉過安全帶。

接下來幾分鐘，各種加速、急刹車讓胖子剛剛吃下去的烤番薯差點全部吐出來。刺耳的喇叭聲和刹車聲此起彼伏，說是淩晨街頭飆車也不為過，前面的帕薩特被許星純強行逼停，車子前的保險桿被撞得粉碎。

想棄車逃跑的年輕男人被壓制在車門上，反扭過手臂。許星純單手壓著他，擰著手腕上了手銬。掀開年輕男人的外套，在內層發現一把子彈已經上膛的手槍。

後面跟上來的人拉著警犬，在後車廂嗅到了蹤跡——用兩層黑色塑膠袋包著的毒品。

人贓俱獲，一直到淩晨五點才審問完。

走出審問室，許濤先是輕鬆地和許星純打了聲招呼，然後問：「幾點了？」

許星純坐在走廊的椅子上，翻開手機：「六點不到。」

他靜靜坐著發呆，沉靜之中透著疲倦，意外地沒抽菸。許濤詫異道：「喲，你還真的在戒菸啊。」

許星純舔了舔嘴唇，點頭。

「行。」許濤抬手拍拍他肩膀，「忙了一夜，先回去休息休息吧，明天再來審。」

街道空寂，這個時間滴滴答答地下起雨來，暈黃的路燈仍未熄滅。

車一路開回家，在車庫停好，熄火，剛推開車門，許星純的電話就響了。

是付雪梨。

『你在哪裡啊？』

「剛回家。」

她嚷嚷道：『又忙到這麼晚……』

不知道她在溫哥華還是在巴黎。雨岑寂地下著，許星純在心裡計算時差。

『你想我嗎……』她的聲音有些不確定，『我這邊也下雨了。』

「我聽得到。」他聲音很溫柔。

她很凶地問：『你在笑什麼？』

「嗯……我想妳。」

許星純脫掉被打濕的外套，從樓梯口上去。走得很慢。

『真的想我啊？』付雪梨問。

「嗯。」

她抑制不住笑聲，壓低了聲音：『那你轉過頭。』

許星純一愣。他太投入了，腳步一頓。剛轉過頭，就猝不及防地被人從身後摟住。

付雪梨看他不動，抬起頭來問：「喂，真的被嚇到了啊？」

感覺到許星純身上冷得像個雪人似的，她有些不滿，嘟囔道：「也不知道多穿點衣服。」

剩下的話說不出來了。他掐著她的下巴，嘴唇堵了上來。

所有話和思念都融化在這一吻中。

兩人抱著親了不知道多久才進門。

付雪梨的腿都軟了，坐在門口的椅子上等許星純幫她脫鞋，順便控訴道：「你知不知道我剛剛等你，我的腳都蹲麻了。又這麼冷。」

其實她在許星純的公寓門口等了將近兩個小時，猜他應該是在忙，期間倒是沒有非常不耐煩的情緒。對她來說，等待許星純的時光並不是很難熬。

「要我幫妳揉揉嗎？」許星純單膝跪在付雪梨面前，把脫下來的鞋子放在一邊，抬頭問。

兩人視線對上。

他的眼神讓她心房一顫，付雪梨抬手蓋在許星純的眼睛上：「你不要這樣看我，我怕我控制不住自己。」

拉下她的手。許星純站起來，抬起手腕摘下手錶，然後問：「說完了嗎？」

付雪梨說不下去了。她指了指自己的嘴唇，眸光濕潤，小聲說：「親這裡。」

下一秒，就被攔腰騰空抱起來。

來不及驚呼就被封住嘴唇。手摟著他的脖子，許星純的舌尖撬開她的唇縫：「抱著我，別鬆開。」

這樣接吻……實在有點要命。

兩人都有點失控。付雪梨被丟在床上，腦子裡迷迷糊糊地還在想：

他剛剛站在床邊，看著他解皮帶的動作……真的好性感。

這算什麼？制服誘惑嗎……

她看著他，認真地看著他。

在許星純脫掉外套，露出腰的一瞬間。只用一眼，付雪梨就意識到，這麼多年了，自己對他的肉體依舊毫無抵抗力，一看到就只想繳械投降。

如果有人問，哪個瞬間是她對許星純心動的開始。

付雪梨一定回答：是國中那年。

國中那年，體育課上到一半溜去教室。她轉過樓梯口，腳剛踏進教室後門，正撞見許星純在座位上換衣服。

他的座位靠後面。

教室裡的吊扇呼呼地轉著，他背對著她，雙手交叉，脫掉上半身的校服。腰部肌肉繃緊，暴露在空氣中。

她的視線從他的脖子，滑到線條流暢的背，再到腰。又重複一遍，像個變態的偷窺狂一樣。心虛地忘記了呼吸。不敢出聲，也不想挪開視線。

在性意識尚未覺醒的成長歲月，付雪梨的腦海裡第一次有了對異性身體的好奇。

終於，許星純發覺到有人，把衣服迅速往頭上套，側臉看過來。她睫毛顫了一下，往後退兩步，沒地方躲。迎上他的目光，張了張嘴，一個手抖，手裡的礦泉水瓶掉在地上。

咚地一聲，灰塵飛揚。

砸在心尖上。

行為動作完全脫離了理智的控制，渾身的血都往頭頂衝。她撲過去，張開嘴，牙尖刺在他的脖子上，隔著薄薄的皮膚咬住動脈。

她感覺到許星純的一隻手撐在她的身側，另一隻手撫上了自己的背，仔細摸了一遍。

幾乎整個人陷在他的懷裡，付雪梨摸了摸他微濕的鬢角說：「問你一個問題……民眾性侵人民警察會不會被判刑？」

許星純微微壓低身子，居高臨下地盯著她，一雙眼就像幽深的潭水，輕聲地問：「妳在說什麼？」

「我在說警察太帥了……容易引人犯罪。不過……看在你帥得這麼別致的份上，若要犯罪坐牢，我也認了，也不算太虧。」付雪梨挪開一點，微微扭頭，看著他，眼神透著水氣，有點認真的委屈，「警察哥哥，你為什麼還不親我？」

明知道這時候的許星純聽不了這種話，她就偏偏要說，說完還要猝不及防地親他一下。一下不夠，就親兩下，看他還能怎麼裝模作樣地淡定下去……

果不其然，她這麼肆無忌憚的下場，就是雙臂被警察哥哥輕易按過頭頂固定住。她的腰肢纖細，不堪一握。付雪梨一顫，兩條腿亂蹬：「噯……警察哥哥……你想幹嘛？」

牙關發軟，聲音軟得能掐出水來。

有時候，明知故問也是一種情趣……

他的手把她的胸罩推上去，然後拉過被子，蓋在兩人身上。

聞到她的氣味，他很快就失去了克制。呼吸熱熱地灑上脖頸，許星純的手指不急不緩地碰碰她的唇，向下，滑到凹凸有致的鎖骨：「嘴張開，手摟著我。」

聲音低沉，好聽得醉人。

又一次成功被美色迷惑。反正都是自己自找的，付雪梨頭重腳輕，認命地抱住他。

從清醒到迷糊，再迷糊地被翻來翻去。折騰了不知道多久，她汗流浹背，被他抱去浴室洗澡。偃旗息鼓後，終於沉沉睡去。舟車勞頓又加上時差，付雪梨太睏了，一覺睡得很死。

替她穿好睡衣，耐心扣好一顆顆紐釦後，許星純靠在床頭櫃上，低頭看著沉睡的人。

他赤裸著上半身，下意識想去摸菸。想了想，又放棄。

到了晚上，她才悠悠醒轉。拿過手機看一眼時間，一轉過來，身邊沒人。付雪梨一陣心煩氣躁，放下手機，掙扎地爬起來，裹著被子下床到處找許星純，嘴裡不停叫喚著他的名字。

剛推開書房門，就被他連人帶被子一把抱起來。

「把鞋穿好，地上很涼。」許星純直接把她放到床上。

「你去幹嘛了！」付雪梨還是氣悶，瞪了他一眼，「我每次睡醒都看不到你的人，這樣真的很煩你知道嗎？」

他看她發脾氣的樣子，有些發愣。

「你是有多忙，國家大事都等著你處理啊？還是說出軌了，背著我去和誰在聊天！」說完氣還沒消，又捶了一下床，「我睡覺的時候，你就不能好好待在我身邊嗎？不是跑去陽臺吹風，就是不知道跑去哪裡幹什麼，你就這麼不喜歡跟我待在一起？」

「喂。」付雪梨看許星純沉默半晌，「你怎麼不說話，是耳聾了嗎？」

不一會兒，她意識到自己脾氣有點大，有點心虛：「你幹嘛一直看著我不講話，我說錯了嗎……」

輕嘆了口氣，許星純笑了，低聲問：「還要睡嗎？」

「被你氣得睡不著了，還睡個屁啊。」付雪梨氣哼哼地撇過頭去。

許星純彎腰替她穿好鞋，聲音有淡淡的溫柔，極有質感：「我在妳旁邊，會影響妳的睡眠品質。」

這番話，讓付雪梨過了半天才反應過來。後知後覺，才有點不好意思。

許星純親自煮了麵給她吃。

坐在餐桌前，她雙手撐著下巴，裝模作樣，慢騰騰地說：「你餵我，我被你弄得腰痠背痛，沒力氣動了。」

沒有任何怨言，他好脾氣地拿起桌上的碗筷照做。

心安理得地享受著許星純五星級服務的時候，付雪梨盯著他看啊看，突然喊：「許星純。」

他嗯了一聲。

她有些糾結地問：「就是那個，噯……你以後會不會嫌棄我脾氣太差了啊？」

仔細想起來，她自己都有點受不了。

餐桌的吊燈有點低，許星純坐在她旁邊，籠罩在溫和的光線裡。穿著簡單的白襯衫，袖口被翻折到手肘處，周正雋秀。

沉默片刻後，他說：「不會。」

付雪梨立刻改口，用食指戳了戳他的手臂：「我知道你不會，不過就算你嫌棄也不行，忍著吧。」

她原本就是這個樣子的。被人伺候慣了的大小姐脾氣，嬌蠻任性，不講道理。

再抬頭想說話的時候，忽然有人敲門。

許星純出去開門，付雪梨坐在位置上玩手機。

敲門的人沒進來，許星純把門虛虛帶上，站在門口和那個人講話。

付雪梨和唐心傳訊息。

唐心：妳怎麼還有時間跑去找妳的警察哥哥玩？一回國就馬不停蹄地趕過去了，妳難道不知道男人都不太喜歡妳這種太主動的嗎？

付雪梨：哼，妳懂什麼，他和別人都不一樣好嗎？而且時間嘛，擠一擠不就有了。

唐心：好吧，明天上午十一點，妳的粉絲見面會。我讓西西去接妳。

聊完時，已經過了十幾分鐘。許星純還沒進來，付雪梨咬著半根麵條，被熱氣燙了一下舌頭。剛放下筷子，想去門口看看，就看到許星純進來。

她看著他走近，仰頭問：「剛剛是誰？」

「我同事。」

「怎麼了？」

「沒事。」

「到底怎麼了？」

「我下週可能要去外地執行一個任務。」

他停頓了一下，表情雖然很平淡，她卻突然緊張起來，問：「要多久？」

「兩個星期，或者一個月。」

付雪梨繼續低頭吃麵，喔了一聲又問：「危險嗎？」

長時間的沉默。許星純只是安靜地坐著，他的眼神讓她有點心慌。付雪梨吃得很慢，忽然摔下筷子，眼睛都冒火了，猛地抬高了聲音：「我問你危不危險啊！」

「不知道。」

反應過來他的意思，她腦子亂哄哄的，梗著脖子硬撐：「什麼叫不知道？危險還是不危險，什麼叫不知道，什麼意思啊？」

直到她沒了聲音，許星純才輕握住付雪梨的手，看著她說：「別擔心我。」

§　§　§

今天申城警察局禁毒總隊很熱鬧，有個記者在大廳採訪隊裡的偵查員。辦公室裡，許星純用頭和肩膀夾著電話聽著，拿出濕紙巾擦了擦手。眼睛瞟到旁邊的一本雜誌，拿在手裡翻了翻。

旁邊經過的一個小夥子一驚一乍地叫：「哇！付雪梨！」

許星純報了個地址給劉敬波，然後掛了電話，把雜誌放回原位。

小夥子沒想到平時看起來那麼認真嚴謹的許星純，居然也看八卦雜誌，還看得這麼認真！

不禁笑了，還特地補了一句：「噯，想不到許隊你也喜歡付雪梨啊。」

「嗯。」

「你喜歡多久了？」

「很多年。」

小夥子詫異地看著他。

許星純的樣子看起來不像是開玩笑。

他感慨著，一副我很懂的表情摸出手機，點開付雪梨粉絲見面會的現場直播，湊到許星純身邊：「來來，一起看，放鬆放鬆。」

不知道進行到了哪個階段，應該接近尾聲了，畫面上有大批媒體記者圍著她追問。

吱吱喳喳，大都是問關於前陣子她在巴黎傳出的緋聞事件。

突然有個記者開口問：「能否透露一下妳現在的感情狀況呢？」

旁邊有工作人員正要開口打圓場，付雪梨看了那個記者一眼，緩緩地，用很平淡的語氣問：

「《約定》這首歌聽過嗎？」

場外很靜，只聽得到她的聲音：「這是我寫給他的。」

這個他，不用說，也知道指的什麼。

「這是我第一次在你們面前提他，應該也不會是最後一次。」

「他是一個很普通的人，但是，」付雪梨很淡地笑了笑，「他是我的初戀。」

短短一句話，讓整個場面靜了下來，實在是太令人錯愕了，接著是粉絲洶湧的尖叫，同時一盆水澆滅了大半男粉絲火熱的心。

後臺的導播室亂成了一團。

付雪梨沒有停下，她對著攝影機指了指自己說：「我性格很不好，從小到大都是。雖然長得很漂亮，但是身邊沒什麼人喜歡我。只有他，能忍受我隨時隨地、莫名其妙的脾氣。我也不知道為什麼，有人對我，耐心能好到不可思議。

我小時候很嬌氣、愛哭，別人都拿我沒辦法。只有他很有耐心，一遍一遍地哄我勸我。雖然越勸我越哭，但他還是繼續哄。」

採訪的記者聽到這裡，忽然羨慕得不得了。

「天啊，不是吧？」

有人低聲感嘆了一句。

回過神來，才發現是武警隊的一個帥哥站在旁邊。那個人有個外號叫 laughing 哥，他笑著，掃了一眼，隨口又說：「不像你們的風格啊，還在看這種東西呢。」

似乎沒聽到他開玩笑的話，許星純的雙手撐在辦公桌邊沿，微微低頭，耐心地看著直播。

現場陷入了一片混亂之中。主持人想出來打圓場，卻發現自己根本插不上話。

在明亮的燈光下，付雪梨的眼睛有些濕潤，顯得異常溫柔。

苦笑了一下，她嘆氣道：「後來年紀大了一點，我卻沒有成熟多少，依舊我行我素，自私自利。說起來我們算是青梅竹馬，但是我很壞，做過很多傷害他的事情。

我記得他的眼睛顏色很淺，年少時，總是在背後偷偷看著我，一顆心完全地愛著我。」

像是陳述，又像自語。

往昔時光，如今仍歷歷在目。

至今回想起來，意識到許星純當初愛她愛得有多卑微，心裡就止不住地內疚。

付雪梨在開口說這段話之前，心裡還有一點猶豫。但是現在，她又覺得什麼都無所謂了。

「我明明自己吃不了苦，卻讓他吃了那麼多苦。身邊好友說我一點也不懂得心疼人，我從來沒有否認，因為我也知道自己是什麼德行。其實我知道自己傷害了他，過去有好幾年，我看過很多次心理醫生。壞毛病一大堆的付雪梨，總是很缺德，又很幸運。因為她兜兜轉轉很久，最後還是重新找回他了。但我不能把他帶到你們面前，他好不容易重新進入我的生活，希望大家能給我一點私人空間。

最後我要說一句對不起。在場大多數的人可能覺得我瘋了，但是事實上，我的確沒辦法再控制自己的感情。

我不能太貪心了。我和他，不需要其他人任何形式的祝福。所以希望過了今天，也不要再拿我的感情出來炒作。」

深吸一口氣，看向最近的攝影機，她緩緩開口，「最後一段話，是我要說給你聽的。」

「我知道你以後一定會看到這個影片。」付雪梨眨動睫毛，忍著亂跳的心臟，若無其事地說道，「你知不知道，其實我很愛你，也很怕失去你。」

這句能把人的骨頭都聽酥的情話說出口的瞬間，現場鴉雀無聲。

如果這時候，攝影機給付雪梨的手一個特寫，一定會發現她的手指全部揪在一起，緊張地用力。臉上的神情半點都假不了的純粹，完全不是在演戲。

曝光了……很徹底地……曝光了。

把她的私生活，把她心底其實一直想說，又逃避不敢面對的東西，沒什麼保留地坦露在所有人面前。

大多數人長久地沉默著。

「唉……真是佩服付雪梨，真情真意，什麼話都敢說。」和許星純一起看直播的小夥子有些惆悵，感嘆完了，突然感覺到氣氛有些奇怪。他抬起手，在許星純眼前晃動，「純哥，你在想什麼？看入迷了？」

許星純緩了緩神，不發一言，直起身來往外走。

「等等。」小夥子追上許星純，小心說了一句，「純哥，你還拿著我的手機啊！」

「對不起。」許星純頓了頓，低下頭，看著已經結束的直播畫面問：「這個能重播嗎？」

「……」

旁邊有兩個人一齊看向他們。

雖然覺得這個問題很奇怪，但是小夥子還是咳了兩聲，答道：「應該可以。」

§ § §

場外助理低下頭，不停地說麻煩讓開點，一邊往外走，推開蜂擁而上的記者和粉絲。付雪梨被護著，鎂光燈閃耀在周圍，她不再多回應一個字。

後臺休息室裡，唐心直接發飆，差點沒把手邊上的東西全摔了。

「妳是明星，什麼時間、什麼場合該說什麼沒有一點分寸嗎？還有妳，不知道攔著她嗎？妳們全都瘋了嗎？」

西西低頭挨訓，支支吾吾了半天說不出話來，抖了一下。付雪梨小聲讓她走，西西忙不迭地出去了，生怕自己被唐心的怒火波及更多。

毫不介意自己馬上要鬧出多大的新聞，付雪梨倒是氣定神閒，用很篤定的語氣安慰唐心：「我之前受何錄那件事的影響，本來繼續炒緋聞就會讓路人觀感更差，還不如直接公布戀情來得好。妳看我每次參加什麼活動，都要被那群妖魔鬼怪諷刺，我受不了這個委屈。」

「我看妳繼續編。」唐心冷笑，氣得翻白眼，用方言罵了一句，「脫線。」

付雪梨拉下臉來：「沒有，我真的沒有編啊。這是小事，反正錢我已經賺夠了，隨時都能退出演藝圈。」

「現在說什麼也沒用了，公司又要替妳收拾爛攤子。」唐心終於把視線移到付雪梨身上，像在看一個被愛情沖昏了頭的傻子，恨鐵不成鋼地罵：「戀愛腦，一點事業心都沒有，還不注意影響。」

偌大的休息室，只剩下付雪梨和唐心兩人。

剛剛驟然緊張又欣喜的情緒稍稍冷卻了下來，她低頭弄著指甲，漫不經心地說：「還有什麼好注意影響的，我真的都不知道該怎麼辦才好了。」

「什麼不知道怎麼辦？」

唐心看著付雪梨臉上的表情，意識到她不是在開玩笑。

「我太喜歡許星純了。喜歡他喜歡到，你們所有人都救不了我。」

§ § §

春節剛過完就有一連串的事情要忙，申城鋪天蓋地的雪沒停過，劉敬波已經在辦公室睡了兩天兩夜。今天大腹便便又禿頂的長官來視察，還得前前後後地陪著。

他掏出一根菸來叼到嘴裡，用打火機點燃。重重吸一口菸，然後吐出來：「媽的，本來就忙了，今天中午幾個毒駕的富二代在市區飆車，三死兩傷。」

許星純面不改色地踩緊油門。

劉敬波喋喋不休抱怨：「剛剛不按規矩開了個專案會議，偵查部署調整了無數遍。我知道你最近身上有案子在忙，但是我們那邊抽不出人手，只能來找你。真是一群狗娘養的。」

罵罵咧咧地說完又想起什麼，看著開車的許星純說：「對了，道聽塗說啊，市局裡有個大案子快收尾了，你什麼時候搞到情報，記得帶我們去浪一波啊。」

「嗯。」

一路上，許星純的話很少。但他平時就是如此，所以劉敬波倒也沒發現有什麼不對勁。

直到在解剖室裡，許星純按照流程穿上解剖裝備，旁邊的劉波忍不住開口提醒：「純兒，今天怎麼回事？你專心點啊，手套都戴反了。」

§　§　§

今夜申城體育館那邊有煙火晚會，付雪梨卻看不了。

臨時推了幾場通告，她一個下午都被唐心關在公司，無所事事地窩在布藝沙發上刷微博，看看論壇和綜藝節目，越看心情越低落。

熱搜的頭條都是：

『當紅明星付雪梨戀情曝光，深情告白，首次承認對方為圈外人！』

這麼大的事……

這麼浮誇的標題，她就不信許星純沒看到……

許星純明明看到了也不主動聯繫她。

難道一點都不感動嗎……付雪梨躺在沙發上蹬腿，真是大寫的渣男！

就算是打個電話什麼的也好啊。

捧著手機，等來等去，等得黃花菜都涼了，還是沒等到。

憤憤關了手機，又縮進沙發裡，蜷成一團。

果然男人都是大豬蹄子，沒良心的王八蛋！

冬天的夜來得早。晚上有個劇組聚餐，她強打起精神應付，吃完飯已經很晚了。

席間，大多數人都用異樣的眼光注視著付雪梨，她陰沉著臉，假裝沒看到。

等啊盼啊，到了十點，訊息和電話終於來了。

「西西，等等幫我跟唐心說一聲，我有事先走了。」她慌張地收拾東西。

西西詫異地看著付雪梨，猶豫著說：「雪梨姊，妳……」

話還沒說完，付雪梨就跑得不見人影了。

§ § §

他傳的地址在一個很偏僻的公園，付雪梨開著定位找了半天。

她自覺今天是做了大事的英雄，現在氣勢十足。

等找到許星純時，先是吃了一驚。

他居然坐在花壇上，一點都不像他重度潔癖的性格。

緩下腳步，調整表情，不讓自己顯露太過興奮的情緒。

一步兩步，一點點挪到他身後，再猛地拍上他的肩膀。

許星純轉過頭來，似乎是傻怔了，看著剛出現的付雪梨。

「你想不想我？」她問。

「想。」

她的手腕被他牢牢抓住。

「你抓太緊了，疼啊。」

許星純又握了一下她的手才放開，以手背抵著腦門：「對不起，我好像有點喝多了。」

看起來和平時沒什麼兩樣，付雪梨卻意外覺得，這樣的他看起來可愛至極。

好玩地碰了碰他後坐下來，又戳戳臉。

感覺許星純的身子緊挨著她，歪頭靠在她的肩膀上。

付雪梨和他離得很近，眼睛一瞟，就能瞟到許星純目不轉睛地看著她。

透過鏤空的燈影看著他。

那雙眼裡有很黏連、病態的愛意，他的臉和俗氣沾不上邊。稍微動一動頭就能親上的距離，簡直是在誘人犯罪啊。

醉了的許星純和平時沒什麼兩樣，只是更縱容她欺負自己。

付雪梨故意凶他，用力眨兩下眼睛，又使勁睜大：「看什麼看，沒看過大美女啊？」

第十五章　表白

只是那年夏日雨後的清風裡。她什麼都沒想，只想著愛他。

「怎麼不出聲，喝點酒就腦子短路了？」

許星純遲遲不說話，他的外套領子立著，近乎遮住鼻尖。黑漆漆的夜色裡，眼神有些潮濕。

低頭看付雪梨，過了一會兒才微微用力，把她扯過來。

兩人一高一低，他整個身體從後面靠著她。光線被許星純罩過來的身影擋住一大半，她稍微轉過頭，兩人就呼吸相聞，有點醺熱的酒氣蔓延開來。就這麼簡單的動作，卻像包含了說不盡道不清的情意。

付雪梨本來想問，你要上車休息嗎？剛出聲，許星純就抬了抬手臂。手指碰到她的下巴，然後輕輕覆上嘴唇，不讓她說話。

他囈語著：「讓我再抱一會兒……」

於是安靜地任由他抱了幾分鐘，付雪梨心裡倒是湧起一股說不清的憐惜。

從她認識許星純開始，他就好像不太能喝酒。以前高中逢年過節，運動會、班級聚會，一到熱鬧的時候他就不見人影。

但是付雪梨不一樣，只要走出了學校，她什麼刺激的都喜歡玩，哪裡人多就往哪裡去。

印象裡有一次是在溜冰場，外班有一個李傑毅帶來的哥兒們，來找付雪梨玩遊戲拚酒，賭注是輸了當對方的女朋友。

她嘴裡含著碎冰塊，一下一下地嚼。可惜當時太吵沒聽清賭注是什麼，打量完來人，大大方方隨口答應：「來唄。」

咕嚕嚕喝了幾杯才有人在旁邊提醒她，付雪梨一聽驚呆了。她雖然喜歡玩，但是很少答應這種事。本來想趕緊閃人，但是旁邊看熱鬧起鬨的人太多，不得已只能硬著頭皮和那個男生繼續拚酒。

她酒量還可以，起初無所謂，到後面卻有點撐不住了。之後就沒記憶了，反正是不省人事了。

過幾天，付雪梨聽宋一帆說，後來是許星純替她喝的。當時他穿著白色校服，釦子解開了兩顆，直接端起幾瓶混在一起的酒揚頭灌下。

在場的人幾乎都認識這個優等生，霎時間場面火爆。

許星純喝醉了不像別人那樣紅光滿面，反而臉色慘白，沒有一點血色。汗珠順著短短的鬢角往下淌，額頭和鼻尖都沁出冷汗。喝完以後，走出去沒幾步就倒了，嚇得宋一帆他們差點把他送去醫院。

回過神來看時間，已經快過十一點了。付雪梨打開手機，藉著微弱的螢幕光瞅他，開口問：

「許星純，你是不是累了？」

「嗯。」

「你開車來的？」

「同事送的。」

「他沒喝酒？」

「喝了一點。」

「酒駕？你們被交警抓到怎麼辦？」

夜色裡，他聲音帶了點笑意：「不會有人攔我的車。」

「……」付雪梨嘟囔：「呿，小心熱心市民付小姐，實名舉報你們腐敗的政府機關，各種以權謀私，濫用權力。」

「妳又在亂說什麼。」許星純起身，揉了揉額角，眼神比剛剛清明了一點。

「那個……」她肩膀被壓得痠痛，趁機揉了揉。轉臉看著他，欲言又止，「那個……」

一副有話說不出來的模樣。

「怎麼？」

「沒什麼。」話到嘴邊，又改口問，「你想看煙火嗎？」

許星純不禁笑了：「應該已經過了放煙火的時間。」

她被笑得莫名其妙，歪著頭說：「我認真的，你笑什麼？」

接著，像變魔術一樣，不知道從哪裡摸出一個打火機。

站在碎石小路上，幾根幼兒玩的仙女棒被付雪梨拿在手裡點燃，一簇一簇帶著火花的華彩流光在黑夜裡閃耀。

她隨意揮舞兩下，問：「好看嗎？這是我拍廣告的時候順手拿的道具。」

玩了兩下，發現許星純站在兩步外，安靜地看著。

仙女棒很快就熄滅，付雪梨臉上有些臊熱，走過去問：「你是不是不喜歡？」

「喜歡。」

「騙我。」

「以前生日，妳也為我放過煙火，我記得。」

付雪梨忸怩了。不自在地左顧右盼，半天才慢吞吞地道：「難道你這兩天沒看電視或微博什麼的嗎……」

「有人跟我說。」

「說什麼？」

「說他失戀了。」

「……」付雪梨無語。

她想問的不是這個啊，他們兩個是不是完全不在同個頻道？

許星純俯身過來的時候無聲無息：「他是妳的粉絲。」

付雪梨遲疑了一下，往後退了退：「然後呢？」

「但是妳在電視裡說，妳最喜歡我。」不提防地被親了親指尖，付雪梨渾身都顫抖了一下。

他聲音低低的，剛喝了酒，有點溫有點啞。她突然覺得這句話格外溫柔。

於是，付雪梨沒頭沒腦地說：「許星純，你聲音好好聽啊，我想跟你接吻。」

頭頂上，許星純低聲說：「好。」

付雪梨伸手抱他，又覺得有點窘。四周盡黑，遠處有汽車駛過的聲音。她只猶豫了大概兩秒鐘，就乖乖湊上去讓他含住自己的嘴唇。

微涼濕潤的觸感。

和喜歡的人接吻，酥麻的感覺來勢洶洶，就像心臟裡有跳跳糖在融化，感覺太美妙了。

親了一會兒，付雪梨突然渾身一顫，勉強睜開眼，喘著氣說：「喂……喂喂，你的手別亂動……」

旁邊有根大石柱。她想推開他，卻被許星純伸手抱住。手錶不知道撞到哪裡了，發出輕輕一聲清脆的聲響。

旁邊有一簇人說笑著經過，誰也沒注意到這一角的混亂。

他的手撐在她頭頂上方的柱子，俯頭湊上去，吻落在她眼睛下方，鼻梁上。然後是深入的熱吻，有時溫柔，有時又很狂暴。

她低聲說腿麻了，看他沒反應，又繼續說：「我渴，想喝水……」

「……車上有。」

「我要喝水……」

只是被許星純抱去車上，她也沒喝上一口水。

車鑰匙哐當落地，心跳得很快，人都飄了，然後又猛然驚醒過來。

溫熱的皮膚接觸到冰涼的空氣，冷得她差點叫出來。

許星純的吻力道很重。

付雪梨有些慌亂地縮起身體，手卻被拉起來。許星純側頭，嘴唇貼在她的手腕上蹭。

她的手不自覺地蜷縮起來。

靠……這個人是許星純嗎？調情那麼厲害。

付雪梨被撩得汗水淋漓。暈暈地想，自己這下真的玩過頭，不知道怎麼收場了……

怎麼一到這個時候，他就和平時冷靜自持的模樣判若兩人？她真的只是想親親他而已。

許星純太禁不起撩了。

許星純身體往前傾，雙手在背後解腕錶，襯衫剛剛在混亂中被扯開大半，鬆鬆散散，胸膛邊緣微現。衣領撥開一點，深陷在肩胛骨和頸窩那裡。

她的眼神戀戀不捨，半天都沒收回來。

真好看啊。

思緒滯了一下，她呆呆地看了他一會兒。

然後想，美好的肉體及不自知的性感……大概也能成為一種罪惡。

他禁不起撩，但是她……好像也很容易被他誘惑。

付雪梨一臉毫無防備，被俘虜的無辜模樣落在許星純眼裡。他無法再忍，又重新壓上去。

厚厚的外套墊在身下。

只用手肘支撐身體，許星純額前的髮全都濕了，氣息急促，低聲叫著她的名字。

在付雪梨看不到的地方，他的眼裡全是某種刻骨的溫柔。

這個問題，付雪梨一直想到第二天。唐心上午幫她推了一個訪談，去拍代言的廣告。

這次不在攝影棚，出外景。休息空隙，她坐在燈架旁臨時架起的椅子上，盯著自己的手機發呆。助理去買飲料了，工作人員來來去去，這裡只有她一個人。

「雪梨，妳在看什麼？臉都紅了。」

付雪梨側頭，微揚起腦袋，赫然對上Jony一張大臉，他正在俯身看她的手機。她一驚，立即把手機反蓋住，關了螢幕，心怦怦直跳：「我靠，你從哪裡冒出來的？想嚇死我啊！」

Jony已經看了半天，可她實在太投入了，一直沒發覺。

「看A片嗎？看得這麼起勁。」

他笑著，眼角有細小的皺紋，立刻從她的小表情裡看出端倪：「還是說裡面那個是妳的誰，Sex partner？」

「……你在說什麼屁話？」付雪梨無語。

Jony和唐心是多年好友，自然也和付雪梨很熟絡，開起玩笑來沒有太多顧忌。他在對面坐下，臉上笑意曖昧，「剛剛……雖然我只看了幾秒鐘，但是，是個很性感的帥哥喔。」

付雪梨難掩尷尬，咳嗽兩聲，喝了口果汁：「什麼亂七八糟的。」

「照片是偷拍的？」Jony 搖搖頭，一副心照不宣的模樣，「沒想到妳還有這個不為人知的癖好。」

是不是天底下所有的 Gay 都這麼八卦又毒舌？

付雪梨忍不住嗆回去：「那是我男朋友！」

「喔~男朋友。雪梨，妳的臉在發燒耶。不過妳男朋友有點粗暴喔，以後記得提醒他注意一下。妳是公眾人物，狗仔可不會放過妳身上的任何一處吻痕。」

她愣了一下，忽然醒悟。付雪梨低頭把外套拉鍊拉上，準備不再搭理 Jony。

今天拍廣告的衣服是低胸的紗織吊帶裙，鎖骨下的吻痕太明顯，早上化妝師撲了好幾層粉底才壓住。當時她什麼也沒說，肯定是後來偷偷跑去和 Jony 八卦了……

西西拖著腳步過來，買了一大堆飲料，Jony 隨便拿了瓶果汁就去看拍片的圖。

正好手機響起，看了眼來電顯示，她幾乎是飛快按下接聽鍵：「喂。」

『是我。』

「嗯……我知道。」

知道是他，每次都是這個開場白……

西西在收拾東西，察覺到付雪梨的表情不對，目光頻頻往這邊偷瞄。

許星純那邊有點吵，他似乎走去了一個稍微安靜一點的地方才重新開口：『昨天撞到的地方，還疼嗎？』

幾乎一瞬間，付雪梨就想起了他戴著的腕錶，又聯想起昨天的種種……耳根有點紅了。

付雪梨嗯了一聲，然後問：「你在哪裡啊……」

『在出外勤。』

沉默了一會兒，她的心頭突然有點泛酸。也沒別的什麼，就是很想見他。

付雪梨用眼角的餘光瞟了瞟周圍，然後輕咳一聲，小聲道：「我今天馬上就收工了，你在哪裡？我能去找你嗎？」

他不說話。

她故意可憐兮兮地說很肉麻的情話：「我保證不亂跑，就站在很遠的地方看看你，如果你允許，我就親親你。」

§ § §

到了那裡，戴好口罩和帽子，接過西西遞過來的雨傘，付雪梨從車上下來，遠遠看見有一處被警戒線拉起來的地方，一大群圍觀群眾被攔在警戒線外。

『等一會兒。』對講機裡傳來劉敬波的聲音，『現在人太多了，先疏散人群。』

許星純正在聽偵查員報告現場情況，似有察覺，側頭朝旁邊的方向看去。

馬路對面，付雪梨跳了跳，向他招手。

在人群裡，他總是一眼就能看到她。

防水布的頂棚砸出了個洞，發出轟的一聲。

明晃晃的黃燈閃過，一輛公車幾乎貼著她的背開過。

付雪梨渾然未覺，只顧一個勁地往前飛跑。

「——小心！」

許星純生生地被這個變故嚇出一身冷汗。

被撤下的偵查員發愣，看著許星純腳步急促地拉開了警戒線，衝到馬路邊。

「下雨天，妳走路不看路嗎！」他大聲質問。

一瞬間，驚駭、恐懼、怒火紛紛湧上心頭，還有無法言喻的後怕。

冷不防地被他伸手一拽，付雪梨眼裡本來閃爍著興奮的光，現在莫名其妙被許星純發了一頓火，不由得隱隱地委屈。本來滿心歡喜，現在什麼都不想說了。

感受到扣在手臂上的力道越發收緊。剛剛跑過來太急，還有點喘不過氣。她很少看到他生氣的樣子，心裡有點抵觸的不安，掙扎了兩下。

「妳差點被撞到了妳知道嗎！」

許星純怒了，臉色很難看。

「啊……」付雪梨抬眼看他，滿是委屈，「對不起嘛，我剛剛看到你太開心了。」

看她一腳一腳地踢著雨水，沉默了兩秒，許星純有些艱難地低聲解釋：「抱歉，是我剛剛太著急了。」

付雪梨用力點頭，顯然很同意許星純的話。

他把付雪梨攬進懷裡：「別有下一次。」

不遠處，馬萱蕊坐在車裡一動也不動。

另一人邊換衣服邊和男朋友傳語音訊息，傳完了還要開擴音自己聽一遍，看發揮得如何。看馬萱蕊愣著不知道看哪裡，那個人伸手在她眼前晃了晃，問：「想什麼呢？」

馬萱蕊的眼睫毛顫了一下，收回目光，扯起一點笑。

「妳剛剛在想什麼呢？」

馬萱蕊搖頭，感慨地說：「只是想起一句話。」

「什麼話？」那人接著她的話問。

「嗯……我想想，是一個電影裡的。」

車裡的人已經換好衣服，男朋友又傳來語音，她開心地點開來聽，隨口對馬萱蕊說：「說來聽聽。」

「原則上我從不跳舞，可是卻很難對 Alyssa 說不。」

「什麼意思？」

馬萱蕊笑著嘆氣：「意思就是，我有一個夢中情人。」

我有一個夢中情人，他對所有人溫和，可是溫柔只留給一個人。

可那個人，她永遠都不會明白。

§ § §

「根據出租屋老闆娘的登記，幾名死者的身分基本上已經確定了，有一個是個陪酒小姐。」痕檢員向當地派出所所長和劉敬波彙報情況，抬頭看看快要黑下來的天道：「不過，這雨感覺要下下來了，現場沒什麼好勘查的了，等殯儀館的車把屍體拉走，然後他們貼上比例尺、照完相就能收工回去了。」

「行。」劉敬波戴著安全帽，手裡還拿著聚光勘察燈，他四處隨意照了照。現場勘查車已經開走，守候在路口的幾輛警車閃著警燈，老秦一副悠閒的模樣靠在一旁抽菸。

走過去，劉敬波問：「鑑定結果怎麼樣？又是群玩死的，和紅山那群人有關係嗎？」

「還不能下結論。」

「唉真是，最近一出事就接連出事。」

老秦笑了笑：「別這麼緊張，等回去再說。」

「純兒呢？」

老秦抬抬下巴：「喏。」

附近的商業集中地帶離這裡沒有很遠，出事的巷子很寬，人群疏散工作不太好進行，很容易引起騷動。

有個婦女突然從人群裡衝出來，應該是其中一個死者的家屬收到通知趕來。她看到許星純穿著白袍，不管不顧就拉著他焦急地問：「醫生醫生，我女兒怎麼樣？還能救回來嗎？」

付雪梨被這個突然出現的人嚇了一跳。許星純的手撐在旁邊，輕輕擋住那位焦急的婦女。他衣服被扯歪了，倒也沒不耐煩，只是叫來旁邊的一個人，讓他帶去辨認屍體。

劉敬波的聲音突然從身後響起：「噯噯，配合一下，別拿手機拍照傳上網路啊。」

付雪梨回頭。與此同時，劉敬波也在打量她。

幸好天黑，只能看到一頭長髮、牛仔褲、米色風衣、棕色短款的高跟小牛皮鞋。走近了，他注意到她耳朵上有一對鑽石耳釘，很時髦的裝扮，和髒亂的現場格格不入。

劉敬波瞇著眼睛，轉頭對上許星純，乾咳一聲問：「是嫂子嗎？怎麼在這裡？」

許星純摘了口罩，對劉敬波的問題不置可否。他掏出車鑰匙遞給付雪梨說，「向左走五十公尺，我的車停在便利商店旁邊，先上車等我。」

付雪梨走後，劉敬波忍不住要開口問，許星純看了他一眼：「別這麼八卦。我有事先走了，剩下的交給老秦。」

「怎麼了？急什麼，送嫂子回去？」

「專案小組發協查令了，手裡還有個販毒案比較複雜，沒解決。」

許星純雖然調去刑警大隊禁毒中隊當隊長，但是還在做法醫的工作。附加工作很多，覆核鑑定一大堆事。劉敬波知道，打個哈哈，也不再多留。

許星純穿行在圍觀的群眾自動讓出的一條路，雖然衣著低調，還是難掩出眾的長相氣質，非常顯眼，惹來不少年輕小女孩崇拜的目光。

§ § §

付雪梨始終正襟危坐，偶爾瞟一瞟窗外掠過的景色，然後又看一眼正在開車的許星純。

前方紅燈，車開得很慢。無聊地拍拍車頂，忍了半天，她忍不住坐起來，小聲問：「你是不是還在生我的氣？」

問完後，又叫了一聲他的名字：「許星純，說話。」

他終於側頭看了她一眼：「以後過馬路小心一點。」

「我知道！我記住了，你別重複了。」

像是沒話找話，付雪梨用手肘頂了頂他的手臂：「你晚上是不是還要去忙啊？我能不能陪你？我今天沒事了。」

趁著紅燈還有幾十秒，又去拉他握著車檔的手：「好不好嘛？」

許星純縱容她拉著。捏一捏，再鬆開。

見他沒反應，她的臉有點臭了：「不可以嗎？」

許星純看她的小表情，笑了一下，沒忍住，稍微咳了嗽：「我晚上有個會，妳要到哪裡，我送妳過去。」

「你不會又感冒了吧……多穿一點啊。」知道晚上他無法陪她，心情有點低落。悵悵然，付雪梨嘟囔地說出一個地址。

是他家。

晚上在許星純家裡，付雪梨獨自一人，把自己以往的綜藝節目看了一遍，純粹是為了給自己找點事做。後來睏了，看時間已經晚上十一點多了，不知道許星純什麼時候回來。

她丟開 iPad，抱著枕頭昏昏地睡去。

醒來時，室內檯燈光線溫和。

許星純不知何時睡在她旁邊。他穿著衣服躺在被子外，手臂放在額頭上擋光，眼睫闔起，模樣看起來累極了。

付雪梨沒發出聲音，手撐起頭，側身看他。心裡被種種惦記、思念，還有不知名的情愫溢滿。

冷不丁有一個邪念冒上心頭，輕輕拿過放在一旁的手機，打開相機準備偷拍，結果手機忘記設成靜音，聲音有點大，不小心吵醒了他。

她乾脆丟掉手機，撲上去抱住他，捧著許星純的臉，在嘴唇上響亮地親了一下，鼻尖熱烘烘的。

壓在他身上，付雪梨側過腦袋瞅著許星純，在他耳邊低聲說話：「你醒啦？」

「妳說呢？」他聲音有點沙啞。

她仍趴著，整個人都黏上去。捏起許星純一邊的臉頰，看她喜歡的小酒窩加深，忍不住又在微微嘟起的唇上碰了一下。

剛睡醒的他，很少見地，有點陌生新鮮的可愛。

大概是付雪梨的眼神太過露骨，許星純看著她幾秒，也笑了，嘆口氣，抬手摸摸她的頭。

「許星純。」她用鼻音叫他名字。

「什麼？」

「叫我名字。」

「付雪梨。」

「嗯。」

「怎麼了？」

付雪梨無聲地做出口型：「我愛你。」

許星純忍不住笑了，臉側的酒窩微陷。

很快地，笑容淡去。他一點點撫摸著付雪梨的頭髮，眼睛，鼻梁，嘴唇，再到下巴，認真觀察這張臉。

不確定這是不是一場美夢，腦海裡閃現過很多畫面。

一如多年來他經常做的，如真似幻，關於她的夢。

偶爾，許星純也在等，在等他對付雪梨的迷戀感消失。

這樣的迷戀感時常讓他迷失自我，甚至讓他難堪。

只是很多年了，只要和付雪梨有關的一切，他還是無法抑制自己從年少時養成的，刻在骨子裡的渴望。

回憶起小時候，童年和少年階段，他有時候會分不清自己的家庭畸形到何種模樣。從小，父親死了，從母親口中，他甚至不知道自己的父親是一個警察，還是一個罪犯。

在他的記憶裡，那個很美的女人總是懷著極大的痛苦。她把所有的愛都給了一個男人，把剩下的痛苦頹廢全部傾瀉在年幼的許星純身上。

那段記憶其實已經很模糊，像是一場噩夢。只記得在每次吃飯的餐桌上、睡覺的夜晚隨時隨地，她用手捂住冷玉一般的臉，指縫間落下滾燙的淚。她在許星純耳邊低聲說話，虐待他的同時自虐。

他的母親，在十四歲時被國中的一個老師誘姦，二十歲被自己的父親攆出家門。再後來，碰見了許星純的父親。

那個男人為她的生命注入過一道光，只是後來隨著他的死，她的心也徹底死了。

小時候的許星純，因為無法體會到由衷的安全感與愛意，總是對自己不理解的母親又厭又怕。

那段童年是黑暗絕望的。他想，如果能逃，自己一定會義無反顧地逃。

他盡力控制著自己。

許星純知道真正的自己，不是一個能讓人產生好感的人。

他討厭成為他人眼裡的怪物，面對那些異樣的目光。所以他讓自己變得正常，甚至靠著聰明的腦袋，在學校裡成為最優秀的學生。

不知道從什麼時候開始，在燦爛的陽光下，他能對任何人笑，也能對他們的冒犯無動於衷。把溫和停留在表面，深藏不露地帶著缺陷的人格，卻對其他人都隔著一層距離。

付雪梨的出現，是第一個，也是唯一一個能讓許星純觸摸到類似開心情緒的人。

和她同班後第一次當值日生，他被其他班的混混女生表白，那女生帶著自己的哥哥和一幫朋友。他無所謂地站在原地。許星純眉眼的陰影很深，有耐心地站在講臺上當他們的背景板。可其實他有輕微的潔癖，討厭身邊人的觸碰，覺得不乾淨，連被那個女孩碰一下也不願。

再後來，付雪梨一腳踹開教室的門，手裡拿著掃把，帶著淩人的戾氣，側臉彷彿閃閃發光，讓人看得入迷，很美。

雖然有些可憐，但付雪梨的確是許星純從懂事起，第一個站出來維護他的人。

本質上，他是木訥的，後來卻漸漸意識到自己已經無法控制地，越來越關注付雪梨。

他終於意識到，只有她，才能讓他有心跳的感覺。

同時他也發現，自己早就不知不覺、不可避免地受到母親的影響，只會用畸形的方式愛一個人。

第一次，是她主動吻了他。

那個吻結束得很快，卻瞬間奪走了許星純所有的注意力。她帶著涉世未深的無邪美豔，而他帶著徹底的荒唐，只是略微掙扎，從此以後，一頭栽進她隨意布置的陷阱裡。

許星純知道自己已經無可救藥，可是他不知道的是，親吻對付雪梨來說，只是和他人開的一個無所謂的玩笑。

有相當長一段時間，付雪梨從人格上就太自我，根本不留情面，缺乏對別人的同情心，不把他人的自尊放在眼裡。

首當其衝的就是許星純。付雪梨對許星純眼裡流露出來的偏執有很直接的逃避和厭惡。滲入骨髓的孤獨，讓許星純時常陷入很徹底的迷茫中。他多希望付雪梨能徹底愛上他，這種難纏的幻想，百般折磨著他，打亂了他所有的分寸。

很長一段時間裡，許星純都處於惶恐之中，忍受著精神上的折磨，徘徊在萬劫不復的邊緣。

他太喜歡偽裝自己，偽裝自己溫柔又深情。所以害怕有一天這些掩飾被揭穿。自私得令人害怕的占有欲，迴然不同的他，會讓付雪梨的眼裡再次出現類似厭惡的目光。

也許她從一開始就逃離他，才能擁有一切都不受拘束，自己喜歡的生活。

可是太晚了。兩個人都知道，太晚了。

當初的幻想，終於兜兜轉轉，在多年以後，在這樣的深夜，被她平淡地說出。

付雪梨還是記憶中的那張臉，沒了脂粉，像初生的嬰兒，乾淨動人，他隨手撫摸過。

她落敗般地咬唇，聲音裡有真心的愧疚：「許星純，對不起，浪費你這麼多年。」

許星純在夜色裡無聲地回望她。

多少年又有什麼關係呢？除了付雪梨，他又能愛上誰？

他多喜歡她的眼睛啊。

像天邊的寒星，像融在了烈酒裡的碎冰。

國中那年，她只是無意看了他一眼，他就再也沒能忘記。

§　§　§

第二天，許星純很早就被分局打來的電話吵醒。他沒吵醒付雪梨，離開時無聲無息。

等她醒來，枕邊早已沒人，連餘溫都已經消失。在床上躺著，心裡有些不是滋味，付雪梨定定地望著房間某處。

起來後，先打了個電話給許星純。沒接，估計在忙，她也就沒再打。

還來不及失落，唐心就打電話過來，要付雪梨回公司一起排練。那邊正在忙下個月的訪談和粉絲見面會。

一整個下午都泡在練舞室，正好是休息間隙，接到許星純打來的電話。

她渾身是汗，怕著涼，隨便找了件大衣披著，盤腿在瑜伽墊上坐下。

「喂？」

『在幹什麼？』

「我在排練節目呢。」

『很忙嗎？』

說話的時候，練舞室裡有同公司的練習生推開門。

那個小女孩一眼就看到付雪梨，先是嚇了一跳，進也不是，退也不是。躊躇了一會兒，對她禮貌地打了個招呼。看付雪梨正在打電話，貼著門邊小心翼翼地說：「前輩好，我進來找個東西。」

付雪梨嗯了一聲，瞄她一眼，用手勢示意她進來，然後繼續和許星純說話：「我不忙，舞差不多學會了，多練兩遍就好了，你呢？」

『我什麼？』

「你今天早上幾點走的，怎麼這麼早？」

『有同事受傷，在醫院動手術，去看他。』

「嚴重嗎？」

『還好。』他似乎不想談這個話題，很快就略過。

小練習生快速找到自己遺落的東西，從付雪梨的身邊經過。她不敢停留，腳步匆匆間似乎隱約聽到「我想你」之類的話。

好肉麻……

小女孩出了門才敢唏噓。根據剛剛付雪梨的神情，又不禁猜測電話那頭可能就是她前幾天剛高調公開的神祕圈外男友。

原來當紅明星談起戀愛來，也和普通人沒什麼兩樣……

說了一會兒，付雪梨突然疑惑：「對了，你沒在工作嗎？怎麼有空打電話給我？」

『在開會。』許星純言簡意賅。

「開會打電話給我幹嘛？」

『想聽聽妳的聲音。』

「……」這句話聽得付雪梨心都化了。她小聲地說：「許星純，是誰教你這樣講情話哄女人的？你這幾年是不是做了什麼對不起我的事？」

§ § §

馬萱蕊坐在走廊的排椅上。今天的天氣很好，氣溫沒有回暖，陽光卻有些灼曬，剛好照著她的小腿。

這裡是二樓專案會議室的轉角。她默默看著許星純站在窗邊，單手撐在旁邊的牆上打電話。時間有點久了。馬萱蕊不由得想，他那麼有耐性地在說什麼？而電話那頭，又是誰？

她低著頭，忽地，腳步聲響起，由遠及近，一個身影從身前走過。

「許星純……」馬萱蕊從椅子上起身，用很低的聲音叫住他。她的手插在外套口袋裡，手指碰到硬硬的小東西。

許星純停住腳步，禮貌地望向她。依舊不溫不火，等著她開口。

輕輕跺了跺僵冷的腳，馬萱蕊往前走了一點，靠近他：「不好意思啊，知道你很忙，但是想跟你說幾句話，能抽點時間給我嗎？」

許星純沒說話。

她比他矮，距離近了，只能微微仰起頭，才能仔細看他。

正好旁邊有路過倒水的人，說說笑笑，先後望過來。那幾個人猛地打眼色：什麼情況？

馬萱蕊神情溫柔，突然抿嘴笑了，從口袋裡拿出一個款式很老舊的耳機，攤在掌心裡，遞過去。

許星純紋絲未動，掃了一眼，沒有接下的動作。

「這是你的，還記得嗎？」她嘴角的笑意變深，兀自回憶，「高一軍訓，我們一起坐在大巴上。第一眼看到你，我就覺得你很帥，路上一直偷偷看你。你戴著它，在車上聽歌睡著了，後來掉在座位上，然後被我撿到了。」

說話時，這段回憶在腦海裡也跟著閃過了一遍。

記得太清楚的過去，隨口說一段，就有更多交錯的情愫被牽扯出來。

恍惚間又回到十多年前，她還是情竇初開、滿懷心事的少女。一看見許星純，就會忍不住咬著下唇，紅了臉，抑制不住眼裡的星點笑意。

她知道他沒那麼喜歡她，卻克制不住滿腦子都是他。

高高瘦瘦，安靜又溫柔，在心底屬於她的班長，總是穿著簡單的藍白校服。他真好看，在學校、同學裡都引人注目。

是那個只站在升旗臺上隨口說出名字，就能引得全場沸騰的人啊。

許星純的視線對上她的眼睛，說：「丟了吧。」

他的眼底像深千萬尺的海底，沒有一點波瀾，將她從回憶瞬間扯回現實。

馬萱蕊覺得有點冷，她收緊了手指，握住那個珍藏多年的舊耳機，似在苦笑：「你知道我喜歡你吧？一直以來。」

許星純似乎沒耐心再待下去聽她說完這番話。

馬萱蕊忽然說：「以前我一直在想，你這麼愛付雪梨，為什麼要離開。」

他腳步頓住。

「我想了很久，卻一直不知道。」

馬萱蕊笑起來，又倏地收聲，像在自嘲地說：「我多珍惜你啊，可是你一直以來，在付雪梨眼裡什麼都不是。我多瞭解你，我見過你偏激的一面，見過你的歇斯底里，你的陰暗面我全都接受。你知道的吧？她可能永遠不會接受那樣的你。」

許星純眉心微擰，壓制住心底的煩躁，還是沒出聲。

寂靜中，她喃喃道：「後來，我終於想明白了。」

「你從來沒有離開她，你只是放走她。

因為你明知道這種方式，照她的性格根本走不掉，是不是？」

一字一句，輕且壓抑。馬萱蕊仰頭看他：「可我呢？我呢？哪怕你多看我幾眼，就會知道我也在你身邊等了很多年。」

「這麼愛你的樣子，連我自己都覺得好醜。」

許星純把手機放回褲子口袋，他問：「妳想說什麼？」

馬萱蕊搖頭。

看他要走，她拉住他：「我啊，只想問你最後一個問題。」

低頭，重新把舊耳機遞到他面前：

「許星純……你有沒有喜歡過我？哪怕一個月，哪怕一天，甚至一秒鐘？別騙我好不好？」

她目光微閃了閃，眼眶隱隱有些濕了。

許星純站直了，微微側著身，垂著眼睛：「抱歉。」

回答直接又簡單，毫無痛感。

錯身而過。耳機沒人接下，應聲落地。

馬萱蕊終於忍不住蹲下，用手背擋住眼睛，眼淚不受控制地湧出來，牙齒咬上食指，不讓自己哭出聲。

她的青春，她的愛情，都是從許星純開始，也是由他結束。

只是那年夏日雨後的清風裡，她什麼都沒想，只想著愛他。

第十六章　結局

我在等風，等風熱吻你。

一晃眼就過完了四月，新電影上映，付雪梨的忙碌程度直線增加，不得已在全國各地跑宣傳。

最後一站在坎江，緊挨著臨市。

晚上在飯店休息，垮下肩膀，付雪梨半趴在床上敷面膜。連續幾天高強度的工作讓她有點累。

前陣子發生了不大不小的事故。唐心拿了一個白色信封給付雪梨，她莫名所以地撕開，掉出幾張照片。

全是她和許星純的，各個地方都有，有幾張甚至跟拍到了他家樓下。

狗仔也真厲害，連許星純社區那種程度的保全都能跟進去。

二話不說，當晚就砸了幾十萬元紅包把底片買回來，壓住新聞。

付雪梨又氣又驚，怒火攻心。

收拾完爛攤子，唐心橫躺在沙發上，語氣冰涼：「妳是明星，就註定不能和普通人一樣。最近出去要有人跟著，別亂來。」

被限制了人身自由，付雪梨煩躁之餘，又忽然體會到做這一行的無奈。

經過種種事件，憋了一肚子氣，她越發厭惡這個圈子。其實從一入行，付雪梨就意識到自己大概不適合當明星。

她對別人的追捧毫無興趣，更無法從他人的喜歡中找到自我存在的滿足感，懶得和人虛與委蛇，於是心裡漸漸起了隱退的想法。

不過這些付雪梨都沒和許星純提過。

接到他的電話時，房間裡有兩個助理在安排明天的行程。付雪梨翻個身起來，穿上拖鞋，蹬蹬蹬跑去走廊接電話。

「喂……」

她稍顯低落的聲音，落在某人耳裡太明顯了。許星純問：『怎麼了，心情不好？』

這話一問，就有點不行了。付雪梨背靠著牆，一隻耳朵戴著耳機，拖鞋在地毯上摩擦。她咬著嘴唇，拚命忍住眼淚，不知道為什麼就想哭。

可能是很久沒見到他的緣故，有多少話想說，就是不知道怎麼說出口。

「沒有……就是想你了。」她低喃。

過了一會兒，他打開了視訊。

付雪梨看到鏡頭裡的自己，才驚覺自己滿臉都抹著火山泥，一點也不好看。剛剛傷感的情緒一下子被沖淡不少。她手忙腳亂，一下關掉視訊。

沉默片刻，許星純輕輕地笑問：『關了幹嘛？』

「不行，我沒洗臉，這樣顯得我很醜。」

『不醜，很好看。』

「你睜眼睛說瞎話，良心不會痛嗎？」付雪梨根本不為所動，「你對準你的臉啊，我都看不到。」

臥室裡，許星純在單手扣著睡衣紐釦，坐在床邊上。聞言躬下身，調了一下鏡頭的角度。

他剛洗完澡，頭髮邊角有點濕。可能是光線問題，眼睛瞳色更淺了，格外顯得溫柔：『最近發生什麼事了，為什麼不開心？』

因為職業習慣，許星純有超乎常人的敏銳直覺，聲音也很奇特地有種安撫人心的魔力。

付雪梨收起滿腹心事，努力扯出一個笑：「我沒事，就是最近好累喔。我不想當明星了，以後你養我好不好？」

沒有任何猶豫，就得到許星純的回應：『好。』

說到這裡，她忽然想起一個很重要的問題，因為心情正放鬆，沒經過大腦就脫口而出：「我前幾天才知道李傑毅都結婚了，你沒有什麼想法嗎？」

「……」許星純不說話。

？！

蒼天啊，大地啊……

我靠……我這是在說什麼？太尷尬了……聽起來就恨不得嫁人。

「我不是在逼你什麼的。」意識到自己的最後一句有問題，付雪梨的腦筋急轉，正好瞥見旁邊立著的簡易行李箱，岔開話題，「你又要出差啊？」

『是。』

螢幕中，許星純拿著手機的手有點低。他的臉從下往上看，帶著幾分苛刻的審視，還是很精緻耐看，能應付這個角度的人實在不多。

付雪梨有點沉迷美色，隨口多問了一句：「要去多久？」

『不知道。』

「不知道？危險嗎？」她的腦海裡突然跳出無數個不好的念頭，莫名慌亂起來，「那你能定時打電話給我嗎？」

『不一定，我儘量。』頓了頓，他有點心疼地說，『不算危險，別怕。』

§ § §

這次的案子和天堂的毒品來源有關，也和許星純七年前破的一樁重案有千絲萬縷的聯繫。上頭點名要他。不過幸好不在邊境地區，在內地的環境裡交涉會相對好很多。

第二天傍晚，許星純到大理，和工作組會合。

來接他的人一身黑衣，臉上有一道疤。黑衣男看過許星純的照片，一眼就認出了他。的確很帥，怪不得警局之前特意選了許星純的照片作為局裡網站的形象照。

路上的交通糟糕，開車的人連抽了幾根菸，許星純在副駕駛座上認真看資料。

黑衣男和他隨便聊起來：「這次要接觸的人比較雜，很多灰色人員，到時先在飯店對接一下。」

他突然問：「對了兄弟，聽說你上過電視，你這長相沒道理不紅啊？」直接得沒半點隔閡，非常自來熟。

許星純放低聲音解釋：「幾年前上過一次，有大盆栽遮住，出鏡了半條手臂。」

飯店裡早就有人等著。

阿思一看到許星純，就撲上去抱住他，對他肩膀捶了兩下。

他們以前在雲南認識，許星純救過他一命。

雲南那邊販毒的冰工廠裡，很多把風的小弟都是持衝鋒槍、ＡＫ。阿思當時被毒販一槍貫穿脖子，所幸被許星純及時搶救才沒有犧牲，不過脖子兩邊留下了兩塊大疤。

寒暄了一會兒，老吳瞇著眼笑，掏出一支菸對許星純說：「抽根菸，緩一緩，先去吃頓飯。晚上見到線人再討論工作。」

其他人跟著點頭。

許星純接過菸，拿到手裡卻沒抽。他突然有點想打個電話給付雪梨，問她在幹什麼。卻又想起剛剛手機已經拆卸，換上另一張被監聽的卡，於是作罷。

§ § §

這次電影的宣傳，坎江是最後一站。付遠東前一段時間剛出院，付雪梨順便回了趟臨市。到機場剛好收到付城麟的訊息，晚上一起吃頓飯，約好他在地下停車場見面。

最近付雪梨差點累到吐血，找到付城麟的車時，還有一些恍惚。她拉開車門，打算坐進去，結果發現副駕駛座上已經坐著女人。

「新女朋友？」她自覺地開後面的門上車。

雙方換了個眼色，付城麟似乎懶得多介紹：「叫嫂子。」

付雪梨為了躲避粉絲，掩人耳目，扮相極為低調。副駕駛座上的女人笑了笑說：「妳是付雪梨嗎？我有很多朋友都滿喜歡妳的。」隨後親昵又自然地說：「常聽城麟提起妳。」

她隨意掃了一眼這個未來嫂子，渾身頂級奢華品牌，珠光寶氣，

付雪梨不太感冒：「是嗎？」實在太累，就懶得接話。

接下來的話鯁在喉頭，年輕女人的笑容有些勉強，車裡的氣氛一時間有點尷尬。

付城麟繃著臉解釋：「她性格就是這樣，從小就不怎麼懂禮貌。」

「沒事的。」

兄妹兩個人很久沒見，但是礙於外人在，一路上沒說話，就這麼安安靜靜地到吃飯的地方。到吃飯的地方，金碧園，有點過於輝煌鄭重了。趁著那女人去補妝，付雪梨扯過付城麟問：

「怎麼回事啊？哪裡冒出來的嫂子？又換了，你速度可真快啊。」

「爸選的。相處了一段時間，還可以。」

「之前那個呢？」

「分了。」

「現在什麼情況？」

「和她爸媽吃頓飯。妳叔叔等著你呢，上去吧。」

見付城麟的心情有點不好，付雪梨不由得問：「你臉色怎麼這麼差？」

付城麟把車鑰匙給泊車的人，對她說：「老子天天在外面應酬到一兩點，妳說呢？」

他們是最後到的。

包廂裡，兩家人已經落座。

對方父母很有修養，雖然看到付雪梨的第一眼很驚訝，但隨後就收斂了神色。

人到齊了才點菜，由付城麟來。他低頭看菜單，旁邊坐著的女人笑得大方又得體：「城麟，付叔叔最近大病初癒，吃不了太油膩的東西。」

付城麟點點頭，面不改色：「知道了。」

這頓飯吃得索然無味。

飯後，付城麟離開座椅，幫對方的父母倒茶。

被問到何時結婚，付城麟手一抖，茶壺的水不小心灑在桌上。似有所感應，不遠處的付遠東往這邊投來淡淡一瞥。

付城麟很快就恢復正常，笑了笑回答：「聽她的。」

直到飯局快散場，未來嫂子晚上有活動，付城麟送她過去後，又回來接付雪梨。她實在太累了，一到車上就闔上眼睛睡了。不知過了多久，醒來的時候，車子已經停在家門口了。

夜色裡，付城麟坐在車前蓋上抽菸。手機握在手中，螢幕閃著微亮的光。

她悄聲走上去，一把搶過他的手機。

付城麟無所謂地任由她看，也沒動作，有一口沒一口地抽菸，舉手投足都是典型玩世不恭的富二代。

看到手機上的內容，倒是付雪梨沉不住氣了。

「我剛剛想說但是沒說。你是什麼情況，你真的和小雲掰了？」

「是啊。」

「你喜歡現在這個？」

他低著頭，看不清臉上的表情。付城麟淡淡道：「不知道。」

他像凍傷了的茄子，整個人都消沉下去，似乎又夾雜著無盡的迷茫和委屈。付雪梨拍拍他的肩膀說：「行了，別這副模樣。又沒人逼你，再說了——」

「她和別人結婚了。」

「……」後半段直接卡住。

付城麟丟了手裡的菸，又抽了一根出來：「前兩天，她和別人結婚了。」

萬千心緒在腦海裡交匯，付雪梨突然湧起一種兔死狐悲的感覺，又很無力：「我不知道怎麼安慰你。」

付城麟呵了一聲：「我又不是小孩，哪要什麼安慰。需要一點時間就好了，別管我了，讓我一個人待一會兒，妳上去吧。」

從小到大，付城麟作為付家大少爺，在付雪梨眼裡是個非常精明厲害，不肯吃半點虧的利己主義者。只不過付家高門大戶，他是接班人，的確有些高處不勝寒。婚姻大事由家裡安排，自己做不了主。

忽然有點傷感，又不知道這種感觸從何而來。她轉身要走，付城麟在後頭叫住她：「付雪梨。」

「啊？」

付城罕見地嘆了口氣，問：「妳呢？妳和那個誰……許星純，你們來真的啊？」

「不然呢？我又不像你。」聽他這麼說，付雪梨不禁動氣，雖然知道不合時宜，但又補了一句，「哥，我剛剛想說但沒說。雖然我不知道你為什麼讓自己淪落到這種地步，但是我覺得，你一不堅持，二不成熟，小雲姊在你身上看不到希望，離開是必然的。張愛玲說，放棄一個人只需要兩樣東西，新歡和時間。你也早點放下吧，生活還是要向前看，畢竟是你先對不起人家。」

付城麟聽得想笑，心裡的傷感鬱悶也散了一點，誇張地把手放在耳朵旁：「什麼？付雪梨，妳再大聲說一遍，張愛玲說啥了？我妹妹什麼時候變文青了？」

付雪梨喊道：「自己不多讀點書，還不允許別人做個文化人？滾蛋！」

付城麟一掃剛剛的失魂落魄，一副看白痴的樣子看著她：「妳哪裡來的底氣？我們是五十步笑百步，我是渣男，妳又是什麼？」

本來想反駁，隨即想到許星純，付雪梨頓時沒了氣勢。

其實付城麟說的也沒錯，他們兄妹倆行事風格相差無幾，不都是這樣？唯一的區別是付雪梨更幸運一點。

轉身走上臺階進門，來應門的是齊阿姨。看見是她，驚喜了一下：「梨梨，怎麼回來了也不提前說一聲？」

「嗯……」

「妳哥哥呢，沒一起回來？」齊阿姨往後張望。

付雪梨無精打采：「在外面呢。」她拿出拖鞋換好，電視機裡在放京劇，準備上樓前，齊阿姨叫住她，「對了，我今天早上收拾雜物間，看到一個黃色的大紙箱。打開看了看，裡面好像都是妳的東西。」

付雪梨手扶著欄杆，腳步頓了頓：「那個紙箱在哪裡？」

「還在那裡呢，我幫妳放在架子上了。」

齊阿姨一說，她就猜到那是什麼了。

從雜物間把紙箱搬到臥室，有點重，把付雪梨累出一頭汗。先拆膠帶，打開。最上面是幾本花花綠綠的書，她拿起來辨認了一下，發現是高中時期特別喜歡上課看的雜誌。

再往下翻，還有很多照片——畢業照、每年的生日留影。裡面有些人她都快想不起來是誰了。

又隨便拿起一張照片，上面光線昏暗，拿近細看才發現是許星純。

應該是她偷拍後臨時洗出來的，邊角已經模糊了。

他一個人站在江邊，勉強看得清輪廓。遠離了人群，倒有一種遠超過實際年齡的成熟落寞。

不可避免地想起往事……

付雪梨回過神來，繼續翻看箱子裡的其他零零碎碎。

忽然間，角落的一個小黑盒吸引了她的注意力。

付雪梨心一動，拿起來研究。這是和許星純在分手後托人拿給她的？只剩一點印象了……

只不過她當時根本懶得看。當初許星純走後，她看到這些就礙眼，便把和他有關的東西全部收起來。本來打算丟掉，到最後還是沒狠下心來，一放就是這麼多年。

拉開盒子上的小抽屜，裡面赫然躺著一封信。封面是很樸素的白色，捏一捏，薄薄的。

拆開才發現裡面是一幅簡筆劃，上面用馬克筆劃了一隻手，標注了日期，任何多餘的話都沒有。

這個日期，按照時間推算……應該是國中，付雪梨的思緒發散開來，某個場景漸漸浮現在心頭，終於想起這張簡筆劃的來歷。

有一次她上課無聊了，要許星純把手伸過來，她唰唰唰在他的無名指上畫了一個戒指。又在他乾淨的手背上寫上今天剛學的英語單字——Marry。

許星純是不是什麼都記得啊？他怎麼什麼都那麼當真，真是個大傻瓜。

估計自己難過得要死，卻什麼挽留的話都不肯對她說。

付雪梨心裡好似潑天澆下一鍋沸騰的銅汁鐵水，燙得五臟六腑都疼，瞬間鼻子有點酸。

§ § §

凌晨一點的大理街頭。

許星純下車同時，阿思也馬上下了車。抓捕時機未到，他們先走到馬路對面的小賣部。

「貨主離開了，要我們到外面交易。這次的目標人物是從當初的紅山那邊來的。黑稱叫咖哥，這個人喜歡在凌晨兩三點出門，又特別狡猾，他家在國道那邊，比較偏，旁邊還有條江，估計是用來跑路的。」

他們今晚要扮成毒蟲去咖哥經常活動的酒吧。

剛剛老吳在車裡盯著許星純半晌，才說：「你這樣不行，文質彬彬，一看就是正經人，不好打進去。得看起來另類一點才行。」

他們站在「阿福發財」小賣部門口，阿思對老闆喊：「嘿！這裡有賣髮膠嗎？」

接應他們的人就在旁邊的理髮店。沒一會兒，一番改造後，許星純推門出來，幾個人當場愣住了。

昏暗燈光下，他身高腿直，額前碎髮被髮膠抹上去，平添了幾分豔色。他的皮相真的很不錯，除了黑眼圈稍顯濃重，露出的額頭光潔，玉面下顎，算得上是毫無瑕疵的一張臉。

黑金襯衫的紐釦解開幾顆，略小一號的衣服更顯得肩寬腰細。取下銀色腕錶，中指戴上銀戒。還特地夾了根菸，活脫脫就是一個不羈富二代。

當場唯一的女性都忍不住心口顫動了一下。

片刻後，阿思摸摸下巴，像是回想起了什麼：「純哥還是這麼帥啊。記得以前我們在同個大隊，每次出任務就靠他的長相去釣魚，特別好用。」

阿思說得輕鬆，可在場的人都知道出這種任務有多危險，出一點差錯就有八百種死法等著，其冷靜可見一斑。敬佩的目光不由得又落在許星純身上。

渾然不覺其他人的視線全黏在自己身上，他眼睛始終盯著不遠處。

大概還要等一個小時。

不知道為什麼，心念一動，拿出手機來，握在手裡。

除了阿思和許星純留在這裡等著，其他人陸續回到車上布控周圍的幾條街道。兩人隨便聊著，阿思有點沒精神，打個哈欠，拿出菸來抽。

樓上的兩個年輕女孩下來丟垃圾，慢條斯理地從他們身邊走過，眼光不時往這邊瞟。

回來的時候，其中一個正準備過來搭訕。但那個帥哥的手機突然響起，於是在兩三公尺外止住腳步。

手機猛地震動了一下，許星純看到來電顯示，心下一跳。這是他前幾天給付雪梨的新號碼，傳訊息告訴了她。這麼晚打過來，肯定是有什麼事發生了。

明知道不合時宜，還是不假思索地接通。

他快步往旁邊走，聽到背後阿思的叫喚，腳步頓了頓，回身示意自己先接個電話。

『喂，許星純？』

「我在。」

『嗯……』付雪梨好像有哭腔，聲音聽起來傷心極了，『許星純，我剛剛在夢裡夢到起了一陣大風，然後把你吹走了。我到哪裡也找不到你，然後就醒了。』

原來是作噩夢了……

「沒有，我很好。」他聲音低啞，很是好聽，「過幾天就能回去了。」

『真的嗎……』外面下起了傾盆大雨，在這樣的夜裡聽到他的寬慰，她放鬆了不少。

付雪梨強撐睡意說：『那你答應我，好好的！我等你回來。』

「好，我答應妳。」

阿思抽著菸，看許星純打完電話，猜到了什麼，一直笑。突然感嘆了一句：「命運無常，福禍相依，要珍惜當下啊。」

許星純不置可否。

他心裡想著付雪梨，便有些心不在焉。

最近他能明顯感覺到付雪梨對他的態度轉變，卻又說不出個所以然。

吸了口煙，阿思仰頭望著大理的夜空出神，玩味道：「純哥，我記得你以前跟我說過，沒有什麼苦盡甘來。」頓了頓，又淡淡笑著說：「不會有苦盡甘來，因為苦不會盡。」

側過頭，阿思略偏一下目光，看向許星純。剛剛接完那通電話，他面色柔和，垂下眼睛，倒是沖散了不少冷清感。

「現在呢？純哥，會苦盡甘來嗎？」

許星純握緊了手中的手機。點點頭，幅度很輕，牽唇一笑，低低地說：「會的。」

阿思至今還記得第一次見到許星純的場景。

那是一個陰雨天，到處都彷彿籠罩了一層霧。他撐著一把色調黯淡的黑傘走來，髮質烏黑，高高瘦瘦，身周有種冷冷的斯文感。

聽說本來是幫人代班，但那天下午，許星純在海關查到兩起幾萬克的大案。後來上頭親自出面，讓他就這麼轉行禁毒。

大概是第二年，局裡收到消息，境外的毒販叫內鬼收集所有分局政務公告欄的警察照片和姓名，建立了資料庫。

其實早就揪出了內鬼，但為了不打草驚蛇，準備將計就計。邊防部的容易暴露，要從外面調人，於是選了阿思和許星純。

出任務的前一晚，簽了生死狀。夜幕降臨，阿思翻來覆去睡不著，去找許星純。

他們就各自默默地抽了一個多小時的菸。

阿思年輕氣盛，有一腔熱血，也容易多愁善感：「純哥，這個社會太多陰暗面了，那句話是怎麼說來著？要天下太平，總要有人為萬家燈火負重前行，是吧？熬個幾年，日子總會好起來的。」

「沒有什麼苦盡甘來。」許星純坐在臺階上，盯著遠處若有所思。他低頭笑了笑，看不清眉目，「對我來說，苦不會盡。」

那個笑容過於清湯寡水，帶著不太突出的傷感。

阿思摸摸頭，似懂非懂，但他總覺得許星純身上有很多故事。

第二天約好交貨地點，是一個製毒廠，那群人屬於武裝分子。周邊都布好了特警，手持微型衝鋒槍。

交易毒品的瞬間，一名把風小弟發現周圍情況不對勁，舉槍對準阿思——那是阿思離死亡最近的一次。幸好許星純一直很冷靜，及時給了信號，狙擊手瞬間將那名把風小弟擊斃。雙方經過激烈交火後，警方成功逮捕了那夥毒販。阿思因此受了傷，還好被許星純搶救回來。

最後，這起緝毒案件成為轟動全國的特大案件。許星純一路升到分隊長，阿思對他有種莫名的佩服。

只是那次的案子牽涉的人太多，根本無法徹底斬草除根。幾年後，毒偵那條線出了差錯，差點賠上一隊人的性命。許星純被盯上了，他打了一份報告，上級就把他調去了申城省警察廳。

再見面，已是幾年後。

「時間過得真快啊。」阿思感嘆，「我還記得當初，只要排班排到和你一起查崗，幾乎都有妹子過來搭訕。當時在旁邊的我心裡羨慕嫉妒恨啊，可惜你誰也不搭理，一直沒女朋友。我甚至一度暗暗懷疑純哥你是個Gay，從來不想女人的。」

阿思說完頓了頓，又接著調侃：「但是後來，我發現一件事……」

「什麼？」

「我發現，你經常看一張照片。有一次你看手機的時候，我不小心瞄到了，百分百是個女孩，還穿著校服呢。」

「嗯。」

憑著直覺，阿思用手肘撞了撞他：「剛剛跟你講電話的，就是這個？」

許星純點了點頭。

正在這時，手機鈴聲響起。他們互相看了一眼，知道要開始了。

§　§　§

這家酒吧從外面看起來很隱蔽，門面小且淩亂，不容易被發現。前臺靠著一個女人，穿著暴露的超短牛仔裙，臉上塗著厚厚的一層粉，粗粗黑黑的眼線，濃妝豔抹，悠然地吸著菸，看到有人進來，懶洋洋地抬起眼皮。

許星純進去之後，迎面撲來一股不正常的暗香，不動聲色地觀察了一圈。這個酒吧有兩個平層，側面開了幾扇小門。

他慢步走上前，對那個女人說：「打火機有嗎？」

「大哥，吃宵夜嗎？豬頭肉。」女人用一口大理方言問。

這是黑話。許星純點點頭：「喝的有嗎？紅酒白酒都要。」

紅酒白酒是冰毒和麻古。暗號對完以後，有人到酒吧門口放了不營業的牌子，隨即關上大門。女人一扭一扭，慢吞吞地從櫃檯後走出來：「跟我來吧，咖哥在二樓等你。」

一個小時後，車裡。

「裡面現在是什麼情況？什麼時候可以抓人？」阿思按捺不住地問。

監聽的人臉色嚴肅：「目前沒什麼異樣，要等等，那邊很謹慎，正在問，許星純有經驗應該能應付。」

約莫幾分鐘，老吳臉色一變：「收到暗號了，行動！」

「錢對嗎？」許星純手上玩著打火機，看著黑漆漆的屋外，「貨能拿出來了嗎？」

有小弟清點完錢，附在咖哥耳邊低語。

咖哥笑了笑，說：「叫許風是吧？張姊說，你家裡是搞房地產的。你們是什麼關係？」明顯是想敲詐他。

許星純臉色不變：「我們是什麼關係不重要，錢才是最重要的，不是嗎？」

清點錢數的小弟湊在咖哥耳邊不知道說了什麼。咖哥突然用眼色示意旁邊一個人，丟一根菸給許星純：「試試？」

許星純看到這根菸後表情未變，遲疑了一下，便抬手揉揉自己的鼻子，拿起這根菸。沒拿穩，中途不小心落到地上。

屋裡所有人都盯著他。

他慢慢地，彎腰去撿地上的香菸。

突然門被踹開，咖哥臉色大變，下意識去拔槍。

變故發生在一瞬間，咖哥意識到中套了想跑，卻被許星純從後面死死抱住，眼見無路可退，從腰間抽出一把刀，從上往下就朝許星純的大腿插去，捅到大動脈，瞬間血流如注。

§ § §

前天晚上睡得不好，第二天爬不起來，快到中午還是被樓下門鈴吵醒的。付雪梨起床找衣服，右眼皮突突地跳個不停，心想肯定有什麼倒楣事要發生。結果收拾了幾件衣服丟進行李箱，發現身分證不見了。

她急得蹦下床，打開房門，在二樓喊：「齊阿姨我身分證不見了，妳有看到嗎？下午我還要趕飛機呢。」

「妳放到哪裡了？」齊阿姨把買的菜放下，擦擦手，嘴上念叨道：「冒冒失失，我來幫妳找。這大冷天的，穿這麼少，遲早得感冒。」

靠在樓梯扶手上，付雪梨又打電話給唐心。那邊接通了還沒出聲，她直接說我身分證找不到了，一時半會趕不回去，沒什麼急事吧？

不出意外，被唐心罵了一頓：『破事怎麼這麼多，一出現就給人添麻煩。明天有訪談呢，不管妳，給我去機場臨時補辦一張，爬都得給我爬回來！』說完就把電話掛了。

中午吃完飯，齊阿姨總算找到身分證了。下午付城麟沒事，正好有時間送她去機場。

一出門，付雪梨就被風雨刮了滿臉，她攏了攏外套，右眼皮又跳了跳。

付城麟從車窗探出頭來：「站在那裡別動，我把車開過去。」

臨市滿城風雨，黑壓壓地，天光很暗。付雪梨有點心神不寧，視線從車外收回來：「我感覺今天特別邪門，我右眼皮老是在跳。」

「有什麼說法？」付城麟單手握著方向盤，抽出一根菸。

「左眼跳財，右眼跳災啊。」

付城麟道：「迷信。」說著，他右手猛打方向盤，身邊有一輛黑色大眾擦了過去，差點就撞上，「我靠。」

付城麟嚇出一身冷汗，見付雪梨不說話，他說：「妳這張嘴太靈了吧！」

「煩死了。」付雪梨低頭擺弄手機，「先別理我。」

「怎麼了？」

「我打許星純的手機，他老是不接，不知道在幹什麼。」

「他一時半會有事吧。」付城麟剛剛被嚇了一跳，現在菸也不抽了，打起十二分精神開車，「妳待會兒再打唄。」

「我從早上打，一直打不通——」還沒說完，突然顯示接通。付雪梨驚喜地接起來，「喂？許星純！」

那邊先沒聲音，過了幾秒才答應她：『嗳。』

付雪梨拿下電話看了看通話顯示，又放回耳邊：「你是誰啊，許星純呢？手機怎麼會在你手裡？」

『我是他朋友，純哥他中午喝多了，正在睡覺呢……』

「那你讓他醒了打個電話給我，可以嗎？」

『……』

兩人都靜了片刻，付雪梨突然問：「他到底怎麼了，是不是出什麼事了？」

掛斷電話後，付雪梨徹底慌了。手續是付城麟打電話找人辦的，他陪她趕了最快去大理的一趟航班。

兩個小時的路程中，她腦子都是亂的，只知道一個勁地說：「哥，那邊只告訴我，許星純在醫院搶救……我好怕……這個大騙子……」

許星純真是一個大騙子……怎麼能這樣？她還有好多話沒跟他講，等著他回來呢。

§　§　§

等他們趕到，許星純還沒醒。幾個人在外面坐著，看到有人趕來，阿思站起身：「是……純哥家屬嗎？」

許星純身上插著管子，躺在雪白的病床上，紋絲不動。病房裡只有心臟監控器發出的滴滴聲。

他躺在那裡，太安靜了，安靜到付雪梨都不敢上前一步。

人總是這樣，有些事在腦子裡了，就永遠也忘不掉。就像當初許星純為了救她躺在醫院的樣子，她居然又想了起來。

這一路上，付雪梨想了很多事，想到頭都疼了。可現在真的到了他面前，卻覺得大腦一片空白，喉嚨裡梗著一股涼意。

嘴唇微微發抖，張開嘴，一個字都說不出口。一時間，居然連手都不知道放到哪裡，無力地扶住旁邊的東西。

就算從電話裡隱約猜到了他的傷勢，也做好了心理準備，但是親眼看到，付雪梨一時間實在還是無法接受，只感覺心都跟著他死了一場。

扭過頭去，眼眶先紅了一圈，還是不爭氣地哭了。腿一軟，旁邊的付城麟扶住她。

付雪梨拉住旁邊的醫生，神情恍惚：「醫生，要怎麼樣……他才會醒啊？」

阿思看著付雪梨，又想到許星純，大概猜到了兩人的關係，覺得震驚的同時，心裡又有種說不出的滋味。

他們衝進去的時候，正看到許星純躺在地上的那一幕。他已經失血性休克，旁邊的人使勁踩著他的肩，手裡的槍已經對準他，就差幾秒……

阿思苦笑，走到付雪梨身邊，「這是純哥口袋裡掉出來的東西，我猜，應該是準備給妳的。」

付雪梨怔愣著接過來，看到那枚戒指，淚不停地流下來。

他們兩個，不該是這樣的結局啊。

§ § §

凌晨四點，許星純醒了一會兒，不怎麼清醒，又睡了過去。這一睡，就睡到第二天下午。期間有幾個貌似長官的人來探望，沒多久就走了。

到下午兩三點，醫生來查房，探身輕輕喚他，付雪梨起身衝到病床前。

在他睜眼的一瞬間再也忍不住，撲到床沿大哭起來，緊繃著的心鬆了一下。

很久沒這麼不顧形象地哭過了，把旁邊的醫生都弄得哭笑不得，以為她在害怕，安慰道：「沒什麼大事，人醒了就行了……」

許星純費力地抬手，付雪梨馬上反握住，又不敢太用力。在床前蹲下問：「許星純，你疼不疼啊？疼不疼……」

「別哭了。」他的嗓子像被砂紙磨過一樣，又乾又啞。

醒來當晚，他臉上輔助呼吸的管子撤掉了。精神還沒恢復，醫生不准付雪梨待太久。她臨走前，悄悄湊到他耳邊說：「許星純，我的存款夠了。我不要你賺錢了，你答應我以後別幹這麼危險的事了好嗎？」

可惜還沒等得到回應，就被拉出了病房。

許星純一休養就是大半個月，付雪梨無視唐心的抓狂，推掉了所有活動陪在他身邊，日夜不離。

劉敬波一群人收到消息，從申城趕來看望他，感嘆道：「唉，許隊今年犯太歲了吧，有一半以上時間都在醫院躺著。」

晚上，付雪梨把特護也打發走了，病房只剩下她和許星純兩個人。

兩個人能在一起相聚的時間少之又少，這樣的時刻不常有。

「你這裡是怎麼回事啊？肩膀怎麼搞的，還沒好。」付雪梨湊上去，小心扯開他病患服的衣襟。肉眼可見地紅腫一大片，背上還有很多小傷疤。

許星純的膚色偏白，青色血管明顯，這樣的傷痕非常觸目驚心。

她以前熱衷於打聽他的過去，現在卻不太敢追問。隱隱也有預感，那些往事，她聽了心裡會難受。

又想哭了……付雪梨覺得自己真是粗心，以前竟然都沒想到好好關心他。

「怎麼了？」

「沒什麼……」付雪梨難掩情緒低落，「前陣子，我哥跟我說我叔叔高血壓住院了。我心裡特別不舒服，雖然這幾年我和他關係不好，但還是很難受。你知道嗎？我爸媽很早就離開我了，其實我很怕我身邊的人出事。」

許星純靠坐在床頭，看著付雪梨的樣子，心臟感覺被捏緊。是他一時疏忽，沒照顧好她的情緒，嘆了口氣，視線對上她的眼睛：「等手頭上這個案子解決了，我會向上面申請。」

她瘋狂壓制住自己想哭的念頭，「真的嗎……」

「嗯。」

許星純攬住她，在她臉上輕吻了幾下，問：「怎麼這麼鹹？」

付雪梨頓時沒了聲音，半天才嘟囔道：「剛剛哭的！」

§ § §

出院前一天，是久違的好天氣。傍晚的風都帶著暖意，夕陽掛在天邊，付雪梨扶著許星純去住院大樓樓下的公園裡散步。

拉著他的手轉了一圈，付雪梨突然說：「我帶你去個好地方。」

好地方是她前幾天發現的，是醫院頂樓的天臺。那裡沒有護欄，走幾步就停下了，半個城市都展現在眼底。

「許星純。」付雪梨突然喊他的名字，「這段時間，我想了很多事。」

他穿著有點單薄的外套，有些不明所以地轉過頭，正好望進她的眼裡。

天邊都變紅了，晚風撩起她的長髮。

「你知不知道我為什麼喜歡你？」

見許星純搖頭，付雪梨認真地說：「因為你和我身邊的人都不同。」

把要說的話在心裡梳理過一遍後才開口：「這幾年，想起你，我總是開心又難過。」

許星純心頭發軟，沉默了一會兒，偏過頭問：「會不會覺得，和我待在一起沒意思？」

「這樣吧。」她併攏自己的手臂，伸過去，「你如果不相信我，你就把我銬起來。」

許星純好笑地看著她。

不遠處的廣場飄來周華健的歌：愛也匆匆，恨也匆匆，一切都隨風……

她走上前兩步，抱著許星純的腰，頭靠在他肩膀，手從衣服下襬鑽進去。而許星純任由她動作。

感受到他腰腹的肌肉微微繃緊，付雪梨吸了吸鼻子，說：「以前我小時候總是在想，自由是什麼。其他的沒想過，也不懂。」

小時候不懂他的愛，是真的不懂。

也沒想過有一天，失去許星純是什麼滋味。

只是某一天，她回頭隔著人群，卻再也找不到許星純的人。

然後某一天，看著路邊車來車往，突然好想他。她猛然發現，自己好像無法喜歡上別人了。

付雪梨繼續，慢慢地自言自語：「然後，我才慢慢意識到，可能我以為的自由和許星純比起來，沒那麼重要。」

額頭抵上她的，鼻尖也是。許星純側頭，吻了吻她的唇，退開後，嗓音暗啞得厲害：「等一下，付雪梨。等一會兒，妳再繼續說下去，我可能明天出不了院。」

她的心臟咚咚地跳，汗珠細細密密地滲出來。倏地抬頭去看他的臉，近在咫尺。付雪梨的手微微顫抖，拿出手機。

手指在螢幕上按了幾下，暗下幾秒，正中央出現一個鬧鐘。她放在他眼前：「許星純，你看好。」

話落的瞬間，鬧鐘上的秒針、時針開始飛速後退。

時間也跟著一點點開始後退，一直退，終於停下來。

許星純已經意識到了什麼，卻怎麼樣都發不出聲音。手捏緊了，又鬆開。

其實付雪梨也亂到不行，腦子混混沌沌。不知道自己做得對不對，是否太草率。可心裡又覺得，現在一定要這麼做，以後才不會後悔。

「你……還記得這一天嗎？」付雪梨手抖了一下，然後拿出那枚戒指，遞給許星純，「十年前，你曾經問我，能不能嫁給你。」

她幾乎用盡了所有的力氣，睫毛有點濕了：「現在，你能重新再問一遍那個問題嗎？」

幾乎沒有半點遲疑，許星純扣住她的後頸，把她整個人攬到懷裡，就這麼靜靜地抱著她。

耳邊的風似乎靜止了，付雪梨聽到他問說：

「付雪梨，結婚好嗎？我們以後一起下葬。」

§　§　§

如果沒有那年盛夏，許星純淡漠平靜的十三歲，就不會遇上一個又壞又美的女生。

爬滿了藤葉的小巷裡，開著幾朵可愛的喇叭花。太陽很大，他叼著一根菸，被她攔在路上：

「許星純，你猜我在幹什麼？」

那時候的付雪梨，是不被老師接受的壞學生。

穿著不太白的白球鞋，藍色短裙，漂亮滑順的長長黑髮，洋娃娃一般的大眼睛，長睫毛。不等他回答，她笑盈盈地說：「我在等風。」

路邊有顫巍巍濃密的樹蔭，感覺她的手指碰到他的耳根。如花一樣的唇瓣貼過來的那瞬間，風吹過，許星純被呼吸的溫度燙到，然後聽到終其一生也無法忘懷的低語——

我在等風，等風熱吻你。

番外二　青春那幾年

1

臨市一中，高一學年辦公室。

「對了，齊老師啊，你們班那個成績表你拿了嗎？」

齊能正在看剛剛發下來的教學大綱，聞言頭一抬，「分班考試的那個？出來了嗎？這麼快，在哪裡？」

說是分班考試，其實就是一中開學例行的測驗。只考國文、數學、外語三門，目的在於摸摸底，順便給新生一個下馬威而已。

那老師端著一杯水，隨手把成績表遞給他：「順手幫你列印了，拿著吧。」給他的時候，順便瞅了一眼，手往一個名字上一點，「哎喲，你運氣可真好，你們班第一，不是我們市狀元嗎？」

齊能接過來，翻了翻成績。除了前面幾個人格外優秀，後面那些人的分數簡直慘不忍睹……十幾二十分，念了這麼久，也不知道是怎麼考出來的。

齊能不禁嘆道：「……九班那群學生，這學期夠我頭疼的了。」

坐在窗邊改考卷的物理老師轉頭說：「齊老師，教你一招，你去國中部教過謝辭他們幾個的老師那取取經……」

開學第一天，走廊人來人往，特別嘈雜混亂。宋一帆和付雪梨並肩走著，在找九班教室，一路過去，兩人遇到不少朋友。

宋一帆身高一百八十公分，雖然黑了一點，但在人群裡還算是帥得很醒目。他看她耷拉著眉眼，哈欠連天，開口逗樂：「小豬佩梨，妳怎麼又睏了！」

付雪梨忍耐著。

「像豬一樣，一天的活動時間都只有四個小時，妳不也是嗎？」

夏天太熱太心躁，昨晚上被付城麟拉去打牌打了通宵，累得要死，還輸了一個月的生活費，付雪梨正煩著呢。她揪住宋一帆的頭髮，抬腳往他小腿上踹，氣道：「你才他媽是豬呢，有本事再說一句？」

「哎喲，哎喲，我錯了，我錯了！姑奶奶饒命，怎麼火氣這麼大呢？」他們從小就認識，玩鬧沒顧忌。宋一帆識趣地往前逃了兩步，抬起手臂作勢擋她。兩人玩得太瘋，沒完沒了地，不小心撞到旁邊站著的男生，踩上別人的腳。

付雪梨眉頭一皺，動作慢了一拍，拉住他。

宋一帆也跟著回頭，撓了撓腦門：「不好意思啊，兄弟。」他覺得眼前的男生很眼熟，一時半會卻沒想起來是誰。目光順著他臉上滑了一圈，又落在被踩髒的鞋上，回頭和付雪梨交換了眼神。

她卻沒看他，只是百無聊賴地自顧自倚在一旁，悠閒地整理衣服。

付雪梨有一張桃心小臉，穿著薄而不露的雪紡裙，裡面有吊帶內襯。這樣的裝扮在學生間顯得有些顯眼。

她面孔雪白，靠近了細看，嘴唇很紅，兩彎柳葉眉，雙目漆黑，亮亮的，很勾魂。一頭蓬鬆捲曲的過肩長髮，用紅髮圈鬆鬆地綁著。明明年紀尚小，眉眼間卻全是與同齡人不符的媚氣與清豔。宋一帆拉了她一下，她卻不搭理，滿不在乎地說：「喂，你的鞋髒了。」

那男生的身高和宋一帆差不多高，轉過頭看她，笑容特別溫和得體，緩聲道：「沒事。」過了一會兒，兩人的腳步聲遠去。他站在原地，望著那道纖弱的背影，眼裡一瞬的情緒很快就被沖淡，低斂下來。

「你說……剛剛那個人是不是我們國中同學啊？」宋一帆見她神色冷淡，好奇地問：「你們認識？」

「不認識啊。」付雪梨想都沒想就否認，滿臉不耐煩，「行了，走吧，廢話多得要死。」

「但我怎麼覺得他這麼眼熟呢？」宋一帆依舊困惑。

一中的國中部向來是一年換一次班，宋一帆又不怎麼和班上同學來往，所以至今連同學的名字都沒完整記下來過。「長得還可以？小臉嫩得感覺能掐出水來。」

付雪梨用怪異的眼神看他，冷笑著說：「你怎麼這麼色？」

突然之間，宋一帆靈光一閃，腦海中繪出一個模糊的人影，他叫道：「對了，他是不是就是那個許星純啊！」

§ § §

「大家好，我是許星純。」

九班教室裡，由班導師齊熊帶頭，響起一陣掌聲和稀稀落落的起鬨議論之聲。

老師介紹他的時候，對班上的人是這麼說的：「班上有的人可能不認識這位同學，但一定聽說過他。他就是我們今年的中考狀元——許星純，以非常優秀的成績進入我們學校，值得在座的同學們學習。你們開學考的成績也出來了，顧及某些同學的面子，我暫時就不貼出來了，但是你們自己心裡應該有數。」

「我們班上，有的同學，三科接近滿分，而有的同學，三科近乎零分。人家在用功的時候，你看看自己的暑假在幹什麼？我知道，班上有的同學家境很好，一出生就贏在起跑線上。但是，這並不能成為不用功的理由，也許就在不知不覺中，別人一個個都會加速超過你。」

心靈雞湯灌到一半，下面有人打斷：「我開跑車行不行啊，老師？」接著哄堂大笑。

齊熊心下不悅，眼神慍怒：「笑什麼笑！有沒有一點紀律？老師講話的時候不要插嘴。」

坐在前排的女生，幾雙眼睛齊唰唰盯著靜靜站在一旁的男生，神思早已游離。

外面的樹被風吹著，教室裡只有用考卷搧風的聲音，沙沙地輕響。風吹鼓起他身上洗得很乾淨的普通短袖，牛仔長褲，沒有顏色和款式。

幾個女生對視幾眼，臉色微紅。有一人壓低聲音說：「說真的，為什麼這個人能這麼純淨啊？」

之所以用純這個形容詞，是因為許星純身上真的有種……屬於這個年紀的男孩子該有的乾淨。

他腰板挺得很直，手臂自然垂在身側。衣服雖簡單，卻遮掩不了他是天生的衣架子，身形勻稱，瘦削挺拔的肩膀裹在裡面顯得格外修長。老師講話時，他從不插嘴。就算從老師口中得到誇讚，他也始終滿臉平靜，一如既往專注地聽著。良好教養的模樣，很容易讓人產生好感。

班上大部分人都知道這個名字，也知道這個人。只要是從一中國中部升上來的，基本上都曉得他。或者說，不可能不認識他。因為學校正門的宣傳欄上常年貼著他的照片。

只是沒想到他真人長得這麼好看。

眉骨形狀完美，短髮，眉毛烏黑，眼珠顏色淺淡，唇色紅潤，鼻梁骨很直。真是耐看的一張臉，乾乾淨淨的知性感，讓旁邊的人瞬間淪為陪襯。

付雪梨的同桌把她搖醒，使勁戳她，讓她看講臺。付雪梨扭過頭，擋下她的手，睡眼惺忪：「怎麼了……發生什麼了，這麼吵？」

同桌眼神望向講臺，滿臉止不住的興奮：「帥哥，帥哥耶！我靠，居然看到活的狀元了，學霸還長得這麼帥，有天理嗎！」

距離有點遠，完全看不清那人的樣子。付雪梨有點近視，不過她不愛戴眼鏡。雖然有了點精神，她還是睏，頭枕在臂上，懶懶地翻著淩亂的課桌，找隱形眼鏡。

整個人迷迷糊糊的，過了好半天，目光才慢慢聚攏。

教室裡的騷亂總算消停了一些。前面靠窗的男生猛地一把拉開了窗簾，九月份的陽光刺眼，直直地照到付雪梨臉上。她眼睛微閉，抬起手擋了擋。宋一帆一拍桌子，一聲大吼過去：「康凱，窗簾拉上，想曬死人啊！」

教室裡安靜了一瞬，講臺上的人似乎有所察覺，轉頭看了看這邊。

§ § §

開學的事說多不多，說少不少。但付雪梨什麼都懶得管，她不喜歡集體活動，對誰都不冷不熱，沒事就和宋一帆他們在一起鬼混，偶爾翹一兩節課出去吃飯，和班上的人倒也相安無事。

這天上體育課，老師剛好有事，女生們便三兩結隊，悠閒地逛校園。

看男生打了十幾分鐘籃球，符藍有點無聊，於是約馬萱蕊去超市買雪糕。兩人閒聊時，忽然提起付雪梨。

符藍熱衷於八卦，而高中生能說的八卦無非就那點事。她壓低聲音說：「妳知道嗎？我覺得付雪梨好受男生歡迎啊。」

「啊？長得漂亮唄，不過我天天都看她和我們班那群男生在一起，不怎麼和女生來往。」

「不是，我是說，我看到好多外班的男生找她要聯繫方式，她人很高冷，都不怎麼理。」

「嗯……」馬萱蕊有點心不在焉，踢開腳邊一塊小石子，突然問：「對了，妳覺得許星純這個人怎麼樣？」

符藍看了她一眼，說：「我覺得滿好的啊。」

「那他有女朋友嗎？妳覺得？」

「長得這麼帥，成績又好，有女朋友很正常吧。」符藍挑眉，滿是揶揄，「妳問這個幹嘛？是不是對人家有意思？」

聞言，馬萱蕊迅速低下頭，耳朵都紅了：「妳別亂說，我只是隨便問問。」

「他真的好受歡迎喔，也不知道是不是我比較敏感，反正之前下課我和秋麗她們去上廁所，許星純走過我們旁邊時，秋麗就故意撞我肩膀，笑的聲音突然變大，嗲嗲的。」

「啊……秋麗？」馬萱蕊若有所思。

符藍說完，突然想起一件事。昨天午休後，她因為要拿影印的資料，所以很早到教室，剛好看見許星純在教室，他那時……

兩人手挽手，馬萱蕊專心想著自己的心事，並沒有聽到符藍嘀咕。

將近十二點，中午快放學時，晴天白日的，突然下起雨來，淅淅瀝瀝，一眼望去霧濛濛的。教室裡亂成一團。

符藍拍醒付雪梨：「放學啦放學啦，別睡了。下午記得交班費給班長喔。」

「……啥？什麼班費，誰是班長？」付雪梨睜開眼皮，腦袋微暈。就隨便睡了幾節課，班長都選出來了，真快，問過她意見了嗎？

符藍背對著她收拾東西，快速說：「我男友在外面等我，我先走啦，下午再說。」

付雪梨清醒了幾分，吸了吸鼻子，隱隱有些發酸。她望著外面的鬼天氣，怕是又要感冒了。

過了一會兒，表哥付城麟打電話來，說要派人來接付雪梨，催她下去等。

耽擱了幾分鐘，剛到一樓就碰巧遇到幾個熟人。宋一帆跟在謝辭身邊，旁邊還有個妞。

付雪梨倚著樓梯，一愣，旋即就笑了：「阿辭，換女朋友的速度比火箭還快呢。」

謝辭無所謂地笑：「滾啊。」

旁邊的女孩很清純，被隨便調戲了一下就迅速低下頭。臉蛋也和人一樣，又小又白，還有一點紅，結結巴巴道：「沒……我不是，妳誤會了。」

付雪梨看她對自己擺手，笑得更厲害了。

「對了，付雪梨，我們剛剛碰見李傑毅的妹妹了。」宋一帆像在講笑話，「妳猜怎麼樣？」

雪梨疑惑：「他哪多出來的妹妹？」

「認的，乾妹妹，就之前找過妳麻煩的那個。」

「喔……所以呢？」付雪梨歪著頭。她有點感冒了，所以說話有很重的鼻音。

宋一帆沉吟片刻道：「這妹子真野，剛剛我和辭哥在樓上，看她帶了好幾個小妹把我們班一個男生拉到天臺要聯繫方式，這才剛開學，太饑渴了吧。」

付雪梨點點頭，並不覺得十分意外，甚至聽得笑咪咪地問：「誰啊？面子這麼大，我記得她不是很挑剔嗎？」

「許星純。」

「喔……」付雪梨想了想，突然反應過來，「靠，他是我們班的？」

「不是吧妳，人家今天至少在講臺上演講了三小時，妳在幹嘛呢？」

付雪梨的眉頭擰在一起，不知道在想什麼，小表情特別糾結，良久才長嘆一聲。

這個唉字一疊三嘆，有些意味深長：「怎麼說，郭佳這妹子看男人的眼光一直都不太好。」

「關妳什麼事！」

後方一道女聲突然揚起來，咬牙切齒地，聽得出怒火正盛。付雪梨轉頭，吃了一驚。

喲呵，巧了！說個壞話還遇到當事人了。

郭佳旁邊還跟著幾個人，挺有排場的，跟付雪梨說話的時候底氣足了不少：「我喜歡誰跟妳有什麼關係？妳在這囂張什麼？」

付雪梨聽得冒火，冷著臉，眉頭擰在一起。宋一帆本來在旁邊看熱鬧，現在心裡暗叫大事不好！

這兩人本來就有矛盾。其實也不是什麼大事，就是當初郭佳的某任男友因為喜歡付雪梨而甩了她，在學校裡鬧得特別轟動，從此兩人就結下暗仇。不過只是郭佳單方面的仇，付雪梨倒是無所謂。

郭佳不知被戳中了什麼痛處，還是剛剛在哪裡碰壁了，新仇舊恨一起湧上心頭，現在剛好抓住機會朝付雪梨發洩。她身邊的人都在勸，其實她們知道自己惹不起付雪梨，也不敢幫郭佳，只能當和事佬。

付雪梨抱著雙臂，沒好氣地翻了個白眼，有一句沒一句和她互諷。

要不是看在她是李傑毅乾妹妹的份上，她早就捲起袖子，上去給她一巴掌了。

郭佳越說越氣，怨氣極大：「妳別整天擺出這副誰都瞧不起的樣子好不好？也只有那種眼瞎又不三不四的男人會看上妳。」

郭佳這賤人，趁著人多，還囂張起來了。

「行了行了，妹子妳別說了。」宋一帆開口。

付雪梨有點煩了，推了她一把：「嘴巴放乾淨點！」

趁著郭佳沒反應過來，付雪梨用她那種習以為常、高高在上的諷刺表情，看著她說：「許星純追了我一年妳知不知道？」

2

付雪梨還沒得意多久，隨即聽到腳步聲，她下意識側身避讓，順勢回頭睨了一眼。

和來人四目相對，兩人互相看著對方。

她遲疑了一下。

那人不知道來了多久，還是剛好路過，不知道有沒有聽見她的最後一句話。也許沒有，也許有，但他只是靜靜地別開眼。

付雪梨慢慢地，輕飄飄地移開視線。

她撥弄著指甲，在外人眼裡，仍舊是那副無所謂，沒心沒肺的模樣。別人不知道，但是像宋一帆這種極其瞭解付雪梨的人，一眼就看穿了她的心虛。

就那麼幾秒的時間，許星純便和她擦肩而過，他腳步不疾不徐，對其他人連一個眼神都不給。付雪梨用餘光剛好瞥見他冷峭的側臉，心突地一跳。

宋一帆先反應過來，他樂不可支，拍著謝辭的肩膀問：「阿辭，你看看付雪梨那心虛的小表情，我們多久沒見過了？」

謝辭聞言，也要笑不笑的樣子。

付雪梨狠狠瞪了一眼宋一帆，人多又不好發飆。

等郭佳她們走後，他立刻笑得彎了腰：「妳是怎麼回事啊？不是說人家追了妳一年嗎，付雪梨？可是哥哥現在仔細一尋思，人家許星純這麼優秀的小帥哥，腦子沒壞吧？」

這下付雪梨的臉真黑了。

他立刻舉起雙手投降：「我不說了，不說了行了吧？」

付雪梨正心煩，也懶得和他說，撐了把傘就衝進雨中，連聲招呼都沒打就走了。

一路上，想到一些往事，不禁走神了片刻。

其實……許星純喜歡付雪梨這件事並不假。

國二那年，兩人當過同桌，那時候追求付雪梨的人不少，許星純也是其中之一。她看許星純長得不錯，人也呆愣得有點可愛，就答應他在一起了一段時間。說實話，這是付雪梨第一次和這麼純情的男生交往，從各個方面來說都……很純……總之她不太能招架得住。再後來，因為一些事情……付雪梨就甩了他。

其實甩了就甩了，反正付雪梨甩過的人也不少，而許星純也沒太過糾纏。

但每次遇到他，付雪梨心裡總有種說不清道不明的煩躁感。

幸好這點煩躁感來得快，去得也快，一會兒就被付雪梨拋到腦後。她在車上玩了一路的遊戲，心情慢慢恢復愉悅，這種好心情一直保持到回家。

剛進門，一聲怒吼就傳到耳中，把付雪梨嚇了一跳：「這是怎麼了？」

「城麟不知道闖什麼禍了。」齊阿姨接過她的傘，也不敢大聲說話。

果然，付城麟急著叫她回來準沒好事。付雪梨苦著臉進去，暗自祈禱這次叔叔的怒火和自己沒關係。

抹抹嘴，擦掉口紅，扣好衣服釦子，檢查了一下儀容，她才硬著頭皮踱步往客廳去。

她從小跟著叔叔付遠東長大，家裡有一個表哥付城麟。付遠東平時忙生意，對他們管教不嚴，兩人平時無法無天。她表哥付城麟從小學開始就在學校裡拉幫結派，翹課打架，是個遠近聞名的校霸。作為校霸的表妹，她當然也好不到哪裡去。

付遠東看了一眼付雪梨，指著在一旁低頭罰站的付城麟問：「妳昨天晚上又和他去幹什麼了？」

「什麼幹什麼了？」付雪梨打算裝傻到底。

付遠東平時不怎麼管他們，這次好像確實被氣到了，抄起一本書往付城麟身上砸：「我上個星期還警告過你不准和黃飛翔接觸，更不准帶著你妹妹，他們在玩什麼東西你不知道嗎！」

付雪梨最會裝無辜：「叔叔，我和哥哥很久沒理他了。」

「別以為我不知道你們前天三更半夜不睡覺，溜出去和黃飛翔他們去古茗彎飆車。」付遠東聲調上揚，「你們打算就這樣一直混下去？像什麼樣子，高中畢業繼續出國鬼混，等我老了，你們指望誰來養？」

之前到嘴邊反駁的話，又硬生生吞回去。付雪梨立刻表態：「我以後一定安分守己，乖乖聽話。」一旁的付城麟也忙不迭地說：「爸，我也會好好讀書，當個根正苗紅的富二代。」

兩人保證是這麼保證的，做不做得到又是另一回事了。不過付遠東懶得對這嬉皮笑臉的兄妹進行思想教育，深知他們是什麼德行，他也沒費這個閒工夫，當天直接和兩人的班導師聯繫。

自從那天以後，付雪梨明顯感覺到老師點她起來回答問題的頻率明顯提高，到班上查勤也會問她的情況，真是煩不勝煩。

星期四早上的最後一節課是實驗課，老師們都被叫去開會，付雪梨在教室裡特別安心地睡了個覺。等到醒來，班上的人差不多都走光了。

一凝神看時間，才發現居然已放學半個多小時了。估計是宋一帆他們溜出去上網，符藍又因為生病沒來上課，所以沒人叫她。

之所以說是差不多走光，是因為許星純還在教室寫作業。但她沒和他說話的意思，收拾好書包就走了。

臨市一連幾天下雨，天氣陰沉，烏壓壓的，風又刮得很大，讓人心情好不起來。付雪梨趴在走廊上看了看天氣，確定沒下雨的跡象才下樓。

走了兩步，感覺有點不對勁，身後似乎有人跟著她。付雪梨站住，回頭。

一個男生手插口袋，在不遠處看著她。

她有點近視，瞇眼蹙眉問：「你誰啊？」等那個人走近兩步，付雪梨條件反射似的後退，警惕地看著他。

那個人問：「妳還記得我嗎？」

小平頭，個頭不算高，有點壯，長相也很大眾。

付雪梨真的不記得了。

男生看她表情，自嘲地笑了一聲：「我猜到妳已經忘記了，那天……」

還沒等他說完，付雪梨就要走。男生急走兩步，拉住她的手臂，卻被她急急甩開：「你他媽別碰我！」

兩人一人走一人跟，那男的不依不饒，似乎是急了，一拳擂在牆上，聲響滿響的。

付雪梨臉色極其難看，在心裡暗罵，裝你媽啊。眼看四周沒人，只能悄悄打電話叫人。

也不知道這個人在發什麼瘋，付雪梨憋了一肚子火，又不敢在這種時候刺激他，渾身憋得難受，對男生說：「大哥，有什麼事你下午來找我行不行？現在我還沒吃午飯呢。」

「我的真心在妳眼裡肯定一文不值吧。有時候，我覺得妳真是無情，一個人毫無自尊地去愛另一個人的機會，一生大概只有一次……」

聽到這種瓊瑤台詞，付雪梨就頭皮發麻，恨不得把耳朵捂住。跟她說這些的男生沒有一千也有八百，她聽得噁心死了，只想著該怎麼甩開這個人才好。

正不知道怎麼辦時，她左看右看，瞥見樓梯轉角處走來一個人。付雪梨想都沒想，用力甩開糾纏不休的男生。

「——許星純！」

像抓住救命稻草一般，她快速跑過去，速度太快而差點撞上去。

「嗄……那個、那個什麼，我有事找你。」

有些喘不過氣來，心咚咚地跳，付雪梨眨眨眼睛，暗暗地按住胸口。

許星純停下腳步，默默地看著狼狽的她。清清淡淡的一雙眼像深冬一汪潭水。

那個男生看到有人，在原地猶豫，倒也沒過來繼續糾纏。

只不過她順過氣來後，看著許星純的臉，一時間大腦卡住，居然不知道說什麼。尷尬。

付雪梨背靠著牆，心跳得很快。知道許星純在看著自己，她卻不敢和他對視。

長髮被風不經意吹開，好像突然下起了雨，滴答、滴答。

不知道過了多久，許星純稍低下頭，附在她耳邊，清冽的氣息瞬間籠罩過來。

她沒反應過來，反射性地閉上眼。等了兩秒，聽到他在耳邊輕聲說：「人已經走了。」

付雪梨唰地睜開眼，看到許星純直起身，說：「走吧。」

「喔喔……」付雪梨臉頰發熱，愣了兩秒，跟在他後面下樓。

兩人沒再說話。

四周像死一般的寂靜。她將手伸到背後絞到一起，在心裡暗罵自己花痴。

但是走了兩步，盯著許星純的後肩，付雪梨卻不自覺地恍神了。

剛剛他傾身過來的一瞬間，她腦子嗡地一下，突然陷入了紛繁的回憶。

好像也是這樣的場景，午後太陽猛烈，在無人的樓梯間。

付雪梨踮著腳，狼狽地攀著許星純的肩膀。他的兩隻手把她按在牆上，握著她的手腕，順著下巴親了上去。

3

兩人一路無言，一直到校門口。

付雪梨口袋裡的手機震動起來，她看了一眼來電顯示，直接按掉。

過了兩秒，手機又不依不饒地響起來，她接起來：「幹嘛！」

付城麟急吼：『妳人在哪裡？沒事吧？我兄弟去了，說沒看到妳啊！怎麼一直不接電話？』

「等你兄弟來，黃花菜都涼了。我沒事了，馬上回去，就這樣，掛了。」

『噯噯，等——』

付雪梨收起手機，也停下腳步叫前面的人。斟酌兩秒，說：「剛才謝謝你。」

他身板挺直如松，沒答話，微側過臉。

「你能不能看看我？」付雪梨努了努嘴，有點氣他的冷淡與敷衍。

記得以前，許星純對她根本不像現在這麼冷漠。

「這句話，我也對妳說過。」許星純淡淡地說。

他的語氣並不冷，也不帶嘲諷，但付雪梨眼神閃爍，心虛了。

其實付雪梨上高中以後，聽過很多女生討論過許星純。無非就是他外貌乾淨出眾，性格成績都很好之類的。不過付雪梨總覺得從她們口中聽到的許星純，和她印象裡那個獨來獨往、平靜又陰沉的男孩完全不是同個人。

也許是她很久沒有認真地注意過他。不知不覺間，許星純已經變了很多，溫和合群了許多，不像以前那樣呆呆的。

一會兒的工夫，已經開始飄起小雨了。被風吹了一會兒，腦袋清醒不少。

本來想解釋一下郭佳的事情，但是想想又算了。反正兩人在班上都裝作互不認識，許星純應該是記住了她當初說的狠話，也真的沒再找過她。

其實，付雪梨有時想找許星純把話講開，又覺得他心思很重，悶騷得很，她懶得猜，也猜不透。當初和他分手，就是覺得相處起來太累了。

也許他早就不在乎跟自己以前的那點破事了。

這麼想著，付雪梨覺得輕鬆了不少。反正她也不知道要跟他說些什麼，於是說：「那我先走了，掰掰。」

§ § §

許星純站在原地已經好幾分鐘了，直到她的背影消失在街角。

看著付雪梨走遠，是他早就習慣了的事。

走在回家路上，隨便找了家小店買傘。結帳的時候，許星純低頭看了一會兒，敲了敲玻璃：「再拿一包這個，和一個打火機，謝謝。」

老闆是個中年女人，她笑著說，「看你的校服，是一中的吧？年紀這麼小，還是儘量不要抽菸。」

回到家中，母親依舊如往常一樣，一個人靜靜坐在陽臺上發呆。

他打開冰箱，拿出昨天晚上買的食材，挽起袖子開始做飯。中午休息時間短，只能簡單炒個飯。

吃完飯，回房間翻開習題寫題目，許星純看得非常認真、專注，但注意力根本無法集中。筆尖停頓好久，他拉開抽屜，拿菸和打火機去浴室。

看向鏡子裡煙霧繚繞中的自己，很模糊。許星純閉上眼，彎腰洗臉、漱口。濕漉漉的水珠順著髮梢滴落在衣領上，他開窗透氣，洗淨指尖殘留的尼古丁。

下午下課時，符藍是英語小老師，老師要她在第一節下課前把收好的作業送去辦公室。有人剛上完廁所進教室，用粗獷的聲音喊了一聲：「班長，外面有學姊找你。」

時不時會有人來班上找許星純，都是學生會或教務處的事情，大家都習慣了。被學姊找不是什麼稀奇事，但如果這個學姊長髮飄逸，長得像郭碧婷，那就很勁爆了。

班上的人假裝在做自己的事，但注意力都在門口，好奇接下來發生的八卦。

「外面的女生皮膚好白，像剝了殼的雞蛋。」符藍剛送完作業，在座位上坐下。前桌的人轉身，壓低聲音問：「怎麼回事？那個女生找班長幹嘛？」

符藍摸了摸下巴：「我哪知道，可能是來要聯繫方式吧！」

「那妳剛剛路過就沒聽到什麼？」

符藍笑著推她的肩膀：「哎喲，妳這麼關心做什麼，是不是……嗯？」

前桌探身過來掐她，嗔怒道：「妳別瞎說，我可沒這個本事去採班長這朵高嶺之花。」

不用問，年級裡暗戀許星純的女生肯定不止一兩個。但剛開學，人家成績這麼好，平時看起來清心寡欲，也沒有戀愛的意思。所以大多都默默地崇拜著男神，沒有不自量力地去行動。

前桌捂著心口，說：「好漂亮的女生喔，妳說班長會不會陷入愛河？我一想到像班長這樣的人有女朋友了，我就心痛。」

符藍雖然有男朋友，但聽她這麼一說，也覺得有些心痛：「唉，我也怕班長思想出問題，這麼好的男生，不好好讀書去談戀愛，我會嫉妒死那個女生的。」

兩人都是話癆，八卦又不控制音量，說的話落在付雪梨耳裡，一清二楚。她抱胸，視線悄悄地飄移，看了一眼教室外。

心裡一點波瀾都沒有。

其實符藍她們根本不用擔心許星純會喜歡上誰。

他這個人，一般情況下，根本無法和別人戀愛。真的是……自尊心強，死心眼，又很自卑。

要是真能喜歡上別人，她也能鬆一口氣了。

——教室外。

「你叫許星純吧？你的名牌掉在路上，我幫你撿起來了。」

「謝謝。」許星純接過名牌來看，的確是自己丟失的。

女生靠著走廊，笑吟吟的，眼睛亮得像在發光：

「光謝謝我可不行，請我喝一杯奶茶怎麼樣？」

微微遲疑了一下，許星純的聲音低下去：「……可以直接給妳錢嗎？」

一句話，把曖昧氣氛全搞砸了。

學姊好氣又好笑地看著他，逗弄他：「我要你的錢幹嘛？這麼不解風情，你是真呆還是假呆啊？」

許星純的目光很平靜，沒有要接話的意思：「對不起，快要上課了。」

走到樓梯口，上課鈴聲響起，喧鬧聲漸漸遠去。

「妳認識他嗎？」夏夏收回視線，問旁邊一起的女生。

「認識啊，剛開學的時候妳沒來，這個學弟好出風頭呢。郭佳也在追他，聽說是級草。」

「不會吧，謝辭呢？」夏夏問。

「妳不說，我還忘了呢，反正之前暑假論壇裡的貼文，謝辭被這個許星純壓過去了，應該是人品和成績輸了，妳懂的……」

夏夏回憶了一下。

剛剛那個男生真看不出來，居然是中考狀元。他就站在那裡，乾乾淨淨的好出眾。的確很帥。一點都不像個書呆子。

4

後來過了兩天，星期五，下午第二節課上課前，老師通知有數學週考，一連兩節課都是考試。等老師巡視的空檔，付雪梨隨便抄了符藍幾題。還沒等到鐘聲響，她交了考卷就溜了。

她要蹺課，誰也攔不住。校門口早就有一大幫人等著。

「今天是李戡生日，他爸爸在古茗灣訂了一個包廂。」

付雪梨喔了一聲，宋一帆問她：「妳怎麼這麼冷漠？」

付雪梨拉了拉頭髮，指一指遠處：「你看，李戡也真浮誇，你看跟著他的那群小嘍囉，把校門口都堵住是要幹嘛？」

「這不是我們李少爺要排場嘛。」

看見兩人過來，李戡問：「你們怎麼這麼慢？」

宋一帆賤笑，勾住他肩膀：「你急什麼呢？這麼想我。」

李戡看了看他們身後，問：「怎麼，謝辭不去？」

「他？他爸叫他回去了。」

沒一會兒，開派對的會所經理打了個電話給李戡，說那邊全都準備好了。

「等等啊，再等一個人。」李戡掛了電話正說著，就往遠處招手，「嗳嗳——這邊這邊。」

李傑毅他們順著看過去，眼睛一亮。

向他們走來的女生紮著高馬尾，白色連身裙，薄薄的紫色針織衫外套，袖子挽起。素面朝天，但真的挺漂亮，和付雪梨同個類型，都是一等一的美女。特別驚豔的美，走在路上會一直有人回頭看的那種。

等走近了，宋一帆再仔細一看，喔！這不就是早上送名牌來給班長的那個學姊嗎！相比宋一帆的猴樣，李傑毅淡定多了，但是旁邊幾個男生都打起了精神。

「宋一帆，我看到你咽口水了。」付雪梨毫不留情地譏諷他。

「……」宋一帆一時面子掛不住。

這句話剛好被夏夏聽見，忍不住噗哧一聲笑出來。李戡伸手拍拍兄弟的肩：「行了小黑，這是我小表姊。」

§ § §

下課鐘聲響了，小老師收完考卷，教室裡一片唉聲嘆氣。這次考得特別難，大家一臉惆悵，收拾東西，準備回家過週末。

不一會兒，整個教室就空蕩蕩的了。

看到馬萱蕊趴在課桌上，符藍過來問怎麼了。

她搖搖頭：「沒事，妳先走吧。」

過了一會兒，等周遭徹底安靜了，馬萱蕊才從手臂間抬起臉來。

桌角的圓珠筆被掃落在地，咕嚕嚕，滾了很遠。許星純彎腰，把腳邊的筆撿起來，遞給她。

「謝謝。」

他點點頭。

馬萱蕊忽然叫住他：「班長……我能問你一道題目嗎？」

看他停住腳步，她猶豫了一下：「就是剛剛考試的倒數第二題，我怎麼樣都解不出來。」

許星純想了想題目，把書包隨手扔在一旁。然後拿起她的筆，俯下身，單手按在桌面上，低頭把大致的步驟寫了一遍。

這道題目很複雜。前面馬萱蕊還看得很專心，到後面，目光卻落到了許星純臉上。

他很認真。眼睫微垂，鼻尖到下巴弧度的線條流暢，皮膚宛如白玉，手上未停。

這個距離，讓她聞到一點他身上的味道，很誘人。

馬萱蕊沒有忍住，忽然溫柔地問：「許星純，你有女朋友嗎？」

他停筆，半晌才道：「沒有。」

她恍然回神，看回那張紙：「對不起，我沒有八卦的意思，就是……」

許星純已經寫完，放下筆說：「好了，代入數字算。」

「好……謝謝你。」馬萱蕊咬著下唇。原本心裡少許的挫敗，現在被另一種奇怪的小情緒充溢。

§ § §

包廂裡特別吵，又有幾個人進來，李戡起身去迎接。

付雪梨閒著沒事，和宋一帆他們玩炸金花。她正準備出牌，聽到宋一帆驚喜地叫了一聲。一圈人紛紛抬頭，看到夏夏端了杯奶茶在他們旁邊坐下。

「你們在玩什麼？」

來不及說什麼，宋一帆就發出熱烈的邀請：「姊姊，要玩炸金花嗎？叫大梨子讓位給妳。」

她事不關己，當他放屁：「我真是靠了，這把的錢你先給我再說。」

夏夏一愣，哈哈笑了起來。

一局打完，有人讓了位置出來，夏夏大大方方跟他們一起玩了起來。

「你們是幾班的？」

一直沒開口的李傑毅說：「九班。」

「九班……」夏夏朝他們坐的方向看過來，眼底漾出了笑意，「哎呀，我知道，帥哥最多的班，果然名不虛傳。」

「不敢不敢，帥哥都坐在這裡了。」宋一帆囂張。

夏夏挑眉，喝了一小口檸檬水：「哪有都來了，你們班的許星純就很帥啊。」

「學姊，妳還認識班長啊？」說到一半，又猛拍腦門，「哎喲，妳看我這個記性，早上妳親自送名牌給他，可羨慕死我們班男生了。」

後來到了飯桌上，大家喝喝聊聊，話題就放開了。

席間，宋一帆突然提起謝辭，他喝醉了，笑得跟二五八萬似的，大著舌頭問付雪梨：「梨啊，妳說我和辭哥誰帥。」

他在耳邊大聲嚷嚷，吵得付雪梨直皺眉：「算了，別說你了，根本沒什麼好比的。」

於是，他又眉飛色舞地轉去問夏夏。

夏夏反應還算快，狀似仔細思考了一下：「你和謝辭嗎？」

「對對對。」

「嗯……我覺得……你們班的許星純更帥。」

一時之間，九班的幾個人，包括付雪梨都看了過來。大家陷入了詭異的安靜之中。

夏夏沒察覺到氣氛的微妙變化，反而興致勃勃地說：「對了，有沒有他電話？叫他出來玩玩唄。」

宋一帆長嘆一聲。

「怎麼了，他有什麼問題嗎？」夏夏好奇。

付雪梨用眼神警告他別亂說話。

倒是桌上另一邊，李戡幾個男生說：「難得看你主動提起誰，是不是看上人家了？反正妳也好久沒交男朋友了，叫宋一帆他們幫妳牽個線也不錯。」

「行啊。」夏夏抿嘴笑，「那你們有機會幫我問問，他介不介意姊弟戀。」

付雪梨把椅子挪開一點，和夏夏一個對視，大概有個幾秒。然後她起身說：「我去上個廁所。」

洗手的時候，突然想起許星純。付雪梨看著鏡子裡的自己，冷笑了一聲。

他倒是滿受歡迎的。

她抽出一張衛生紙，擦乾手上的水。

這個時間點，臨市的夜幕已經降臨，遠處星星點點的燈光遍布整個城市。

付雪梨坐在露臺的椅子上，閉眼吹了一會兒風。

離開吵吵嚷嚷的一群人，一個人靜靜待著，又開始想以前的事情。

其實她也多少知道一點。

許星純特別不合群，性格又偏執，從小沒交過什麼朋友，到國中都是。父親很早就去世，他的母親很美，但有點病態。母親家裡很有錢，但是除了錢，很少和他們有親情往來。父親這邊，除了他姑姑和年邁的爺爺，就沒有人對他特別好。

她聯想到自己從小也沒爹疼、沒娘愛的，不由得產生了一點同情加憐惜。

所以那時候付雪梨對他可好了，雖然偶爾會欺負許星純，但是在學校裡一直罩著他。每次他受到其他班小太妹的騷擾，付雪梨都第一個站出來。就連中午從家裡帶蘋果，也會分一個給他吃。

再後來兩人談戀愛，她才發現他實在太悶了，而且控制欲特別強。每次吵架，他什麼話都不說，樣子滿可憐的，搞得付雪梨每次都很內疚。

久而久之，她實在受不了，就提出了分手。況且她一直都覺得，許星純只是貪戀她對他的那一點好，一時半會就自己困住自己了。

只要過一段時間，許星純一定能想通的。

可是後來的後來，付雪梨自己也不明白。在那個年紀，她對他的那一點點特別的喜歡，早成了他灰暗的人生裡，唯一的一點光。

也是這一點點，襯得許星純以後的一段日子，全都黯淡無光。

5

果然，夏夏喜歡許星純的消息沒過多久就在學校傳開了。

畢竟夏夏從之前就是名聲在外，超難追的大美女。在情竇初開的年紀，這種八卦還是很勁爆的。

沒過幾天，比較長的下課時間跑完步。下節課是體育課，許星純要放班牌，所以獨自回班上。他額頭上出了一點汗，校服拉鍊拉開，裡面是乾淨的白T恤。

上樓梯的時候，被人從身後拍了一下。

一轉頭，看到一個女生嬌嬌俏俏，手揹在身後，狡黠地對著他眨眨眼：「嗨！」

「你還欠我一杯奶茶呢，學弟。」夏夏直勾勾地看著他的眼睛。

許星純抿了抿嘴唇，汗順著臉頰往下滑，滑到脖頸處隱沒，顯得越發清瘦。

夏夏仰頭，目光不自覺地看去。他比自己高了半顆頭，剛剛跑完步，因為缺水，嘴唇有點乾燥。

「有沒有人跟你說過，你唇形很漂亮，很適合接吻？」

「沒有。」

「那你接過吻嗎？」

「……」

「有過女朋友沒？」

「有過。」語氣普通平淡，說完就轉身往上走。

「長什麼樣，有我漂亮嗎？」夏夏追著他又問。

許星純一手拎著班牌，另一手抬起用衣袖擦了擦額頭的汗，似乎不想多說。

夏夏總算止住了自己的好奇心：「真傷心，幹嘛對我這麼冷漠？是不是討厭我？」

「抱歉。」他只是想讓她別跟著自己。

許星純乖乖的樣子，讓夏夏的唇角又不自覺地上揚：「算了，原諒你了，看在你一本正經的樣子很可愛的份上。」

操場旁邊的乒乓球桌，這裡的視野極其開闊。

「那不是許星純和夏夏嗎？他們怎麼走在一起，真談戀愛了？」宋一帆指著遠處，手放在眼睛上方，「嘿，我有點看不清楚啊！」

「關你什麼事。」付雪梨事不關己，反應冷淡。

她曬著太陽，被喋喋不休比蟬鳴還吵的宋一帆煩死了。

「妳吃醋了？」自從上次宋一帆聽付雪梨說過許星純追她的事之後，動不動就拿許星純來刺激她。

「我警告你，別陰陽怪氣地跟我說話。」

宋一帆嘖嘖兩聲：「哪敢啊，我這不是為妳心痛嗎？這麼優質的好苗子，我說妳是不是腦袋被門夾了，還是梨眼不識泰山？」

「你別他媽亂用成語好嗎？我們兩個現在……就是普通朋友。」她懶得和他吵。

自從上次想通了之後，付雪梨也算放下包袱了。平時看到許星純會主動跟他打個招呼什麼的，雖然不知道為什麼，但他對她反而越發冷淡。難道是因為有美女追，整個人就膨脹了？

「宋一帆。」付雪梨叫他，「我問你，你覺得我漂亮還是夏夏漂亮？」

「人家多才多藝，鋼琴十級，成績也不錯。妳呢，妳會啥？就會喝酒打架，寒磣不寒磣，首先氣質、內涵就輸了一大截。」

付雪梨差點沒被這賤人氣死，轉頭又問：「謝辭，你覺得呢？」

謝辭單手插在褲子口袋裡，斜倚著牆，漫不經心地在旁邊抽菸：「妳漂亮。」

看到許星純和夏夏走在一起的，當然不止他們。下午有人趁著交作業，和許星純打聽八卦。但是許星純什麼也沒說。別人見到他這種態度，覺得有些掃興，也沒繼續問下去。

臨近月考，班上的氣氛也越來越緊張。

付遠東這幾天比以往都還要早回來，付雪梨和付城麟放了學也只能乖乖回家。最高興的就是齊阿姨了，每天去菜市場買菜，樂呵呵的，巴不得家裡人越多越好。

晚飯過後，兄妹倆被喊去客廳例行談話。付遠東看新聞聯播的時候，又提起要幫兩人找家教。

付雪梨安靜地吃著水果，努力把自己的存在感降到最低。但是，這把火還是從付城麟燒到了她身上。付遠東點她大名：「雪梨，妳以後還是要好好上大學的，不能這樣渾渾噩噩地過一輩子，不然都是我這個叔叔的錯。」

畢竟付雪梨是他看著長大，當親女兒對待的。

茶几上的菸灰缸裡全是菸蒂，付遠東心思沉重：「我就是太寵你們，才會讓你們現在變得一無是處，都是我的錯。」

付雪梨的嘴角撇下去了。

她很少聽叔叔說這種話，也最受不了長輩露出這樣的神情。叔叔沉悶的樣子，壓得付雪梨胸口發悶，當晚就失眠了，翻來覆去睡不著。

一夜過後，付雪梨主動去找付遠東，立下了好好學習，天天向上的誓言。

為了表示決心，她甚至主動交出手機。雖然沒過幾天就後悔得要死，但還是要假裝堅強。

臨近十月，要入秋了。

付雪梨在教室門口徘徊，居然有點緊張。

又低頭整理了一下身上的校服，總覺得哪裡都不對勁。這是她第一次穿校服來學校，早上出門前估計照了半個小時鏡子。

深吸一口氣，走廊上來來往往的人越來越多，付雪梨一咬牙，悄悄推開後門進教室。

但是她沒能如願。

剛進去，一組後排的角落就吵起來了，李小強他們真的被付雪梨的這副樣子震驚了：「我靠，我沒看錯吧！這是付雪梨嗎？」

同時跌破眼鏡的還有班上一大群同學。

老遠就聽到宋一帆即將笑死的聲音，他掏出手機拍照：「我們梨穿校服還是很好看的嘛，好純，好溫柔喔……」

付雪梨猛地回身，惱羞成怒：「你給我閉上你的猴嘴。」

雖然盡力保持鎮定，但在座位上坐下的時候，破天荒地，她居然有點害羞。

連許星純過來收作業看到付雪梨，都有幾秒的詫異。

早上上完課，老師通知了月考時間，就在明天。下午下課後，要把班上的桌椅都打亂布置考場。

一中有個規定，月考前一天晚上和月考當天都必須要上晚自習。

付雪梨雖然是三分鐘熱度，但也開始裝模作樣地好學起來。溜出去吃完晚飯，她撇下一眾狐朋狗友，迫切地回教室準備複習。

不過真是巧了，許星純就坐在她後面。

付雪梨剛坐下來，凳子還沒坐熱，後面就來了一個找許星純的同學。

「班長，我看你一直沒出去，你不吃晚飯啊？餓著肚子不好吧？」

「沒關係，我晚自習結束後去吃，有什麼事嗎？」

「你忙嗎？我問你一個問題。」

「我看看。」

來問問題的人一個接一個，付雪梨本來還想臨時抱佛腳看看書，現在簡直被吵得看不下去，更別說是許星純了。

直到李小強來的時候，她終於忍不住，把頭轉過去：「我說老師是死了嗎？人家不用複習的嗎？」

李小強撓頭：「問班長方便嘛。」

等周圍終於安靜後，她繼續咬著筆埋頭寫題目。看著面前扭曲的鬼畫符，硬著頭皮寫了一會兒。

什麼東西！數學是人該學的嗎？難不成她以後去菜市場買菜，還要用二次函數算怎麼買才便宜？

要翻書找公式，書本又是一片空白，什麼重點都沒有，根本無從下手。

要自己想，沒學到的知識太多，得想到猴年馬月去。於是付雪梨很快就忘了剛剛如何指責別人，轉身把考卷拍在許星純桌上，用筆點了點，嚴肅地說：「幫我看看這題，快點。」

問別人題目都能這麼囂張的人，也只有她了。

班上的人這時候還不多。

兩人都歪著身子。許星純歪著頭，倒是為她講得很慢，仔細到每一步、每一個公式，怎麼算、怎麼代入都說清楚。

語氣緩和，聲音低沉，付雪梨很久沒聽到他這麼溫柔地對自己說話了。

不過她是個金魚腦，基礎太差，懂了這一步，忘了上一步，聽得一頭霧水。

許星純耐心極好，一點一點教她。

付雪梨心情沮喪，自己也有點尷尬，轉移話題道：「你餓不餓啊？我還有麵包，從羅卡卡買的。」

沒等他回答，她又眨了眨眼睛，接著說：「作為報酬，你為我多講幾題。」

她趴在他的課桌上占了大半江山。理直氣壯地，也不覺得自己打擾別人了。

突然，付雪梨一拍頭：「對了！許星純！你幫我把老師說的重點全部寫紙上，簡單的也要寫，我做個小抄也不錯！」
差點忘了還能做小抄。
她風風火火，說了就做，立刻從別人那借了一張巴掌大的便條紙。
「許星純，你直接幫我寫吧，寫小一點。你的字比我工整，基礎的、重要的都要。」
許星純沉默了。
……然後，在她希冀的眼神中，他拿起筆。
他有自己的原則，但在她面前，好像什麼原則都只能往退後。
許星純低著頭，碎髮微微遮住眼，一個個銘記於心的公式寫得格外認真。
於是，身為學年第一的超級大學霸，就在月考前一天，什麼都沒複習，就幫她在紙條上做小抄。老師要是知道，估計會氣個半死。
付雪梨一想到那樣的情景，就情不自禁笑了出來。
他聽到她笑，筆尖一停，抬起頭來。
付雪梨擺手：「沒事沒事，你繼續抄。」
監督許星純做小抄的時候，付雪梨閒著無聊找話問：「許星純，你和夏夏怎麼回事啊？」
「沒有怎麼回事。」
「那她喜歡你？」此時的她，完全沒意識到自己已經得意忘形了。
「不知道。」

「你看你個性這麼冷淡，人家說不定就喜歡你這種不愛理人的帥勁呢。」

「我沒有不理人。」

「那你喜歡她嗎？我漂亮還是她漂亮？」

「……」

「不說話是幾個意思？」

「妳漂亮。」

付雪梨很滿意：「還是你會說話，像宋一帆，他就猴嘴裡吐不出象牙。」

在她看不見的角度，許星純的笑容很淺，臉頰旁有個不明顯的酒窩。

6

「對了，你是不是還沒吃晚飯？」說著，撕開一片麵包，討好地遞過去放到他嘴邊。

麵包屑從她的指尖落下。許星純有點愣住，垂下眼瞟了瞟，僵硬地張嘴吞下：「妳自己吃吧。」

「那我放旁邊，你餓了自己拿。」

收回手的時候，不小心蹭到他的臉。

許星純下意識抬手，用手背蹭了蹭嘴唇。

滑滑的，好嫩，皮膚真不錯。她在心裡暗暗腹誹。

「許星純，你身上怎麼有點香……」付雪梨思考著合適的形容詞，「就像……就像……」

兩人剛剛湊近時，她聞到他身上有一種很好聞的、特別清爽的味道，一時之間卻找不出合適的形容詞。這個話題正常來說太難為情了，但她絲毫沒有察覺。

「肥皂。」

他的簡潔回答，真的有點讓人聊不下去……付雪梨撇撇嘴，轉身去和數學題奮鬥了。

奮鬥沒五分鐘，又卡住了。許星純在幫她做小抄，付雪梨不得已，只能尋求旁邊人的幫助。題目有點難，那人研究半天，也不是很會。但是他人很好，懂多少就教付雪梨多少。

她吱吱喳喳問這個問那個，漸漸聊開了，話題就從學業說到了其他事情。

「付雪梨，上晚自習不要大聲講話，會影響別人。」許星純不知道為什麼突然冷下臉，嘴角下沉，顯得很嚴肅，搞得那個人很不好意思。

那個人的目光在他們兩人身上轉來轉去，看出許星純似乎……有點不高興，縮了縮脖子。

付雪梨訕訕地回到自己座位。

許星純並沒回避她的視線，但整個人就是不想交談的樣子，沉甸甸的眼神，盯得她很不舒服。

剛剛跟他說話的時候，怎麼沒這麼多屁事呢？

她原本就脾氣相當大，冷眼看著他，把考卷用力摔在桌上：「不學了。」

許星純愣住了，嘴唇抿成一條直線，顯得有些不知所措。

付雪梨生起悶氣，趴在桌上。

過了一會兒，他把寫好的小抄遞給她：「付雪梨，我寫完了。」

假裝沒聽見，也不動彈。

付雪梨從鼻子裡哼一聲，決定冷落許星純幾分鐘，磨磨他的銳氣。

坐在教室後面的人，要是這時候抬頭，會驚訝地看到——一向冷靜自持的班長，居然拿起水杯，一口氣灌了半杯才放回桌上。

又過了一會兒，感覺有人敲了敲桌子。

付雪梨抬起腦袋，見許星純站在一旁，垂頭看著她。

頭頂的燈投射下來，陰影擋住了許星純半張臉。他盡力讓自己坦然自若。

「幹嘛？」她沒好氣。

許星純有些不自在，短暫的沉默後，他低眼，頭卻偏向另一邊：「哪道題目不會？我可以講解給妳聽。」

「……」付雪梨心裡暗喜。「……好吧，原諒你了。」她起身，立即忘了剛剛的不愉快，眼睛彎彎笑出來。

許星純還是很識時務的嘛，這個服軟的態度還行，打個九十分。

許星純不再多說，直接開始講解。他聲音壓低，專心致志，一張週考考卷從頭講到尾，再簡單的也沒有忽略。

記得那晚星星特別多，時不時響起幾聲蟬鳴。飛蟲在白熾燈下飛來飛去，付雪梨撐著頭，眼皮直耷拉，筆尖停在紙上，劃出一條線。

稀里糊塗的，她熬不住，趴在桌上睡了一會兒。

高三晚自習十點下課，等到九點多，班上只剩下寥寥幾人。她的座位在窗戶邊，夜風很冷，她下意識打了個冷顫。

半睡半醒中，她感覺到許星純起身，把校服蓋到她身上，然後小心翼翼地關上窗。

§ § §

月考持續了兩天半。

沒想到臨時抱佛腳還真的有點用，她第一次覺得能看懂題目了，雖然都是許星純教她的。他也真神，跟她講的好多知識都考到了。

付雪梨走在樓梯上，心裡盤算著等成績出來了，一定要拿回家給叔叔看，讓他高興高興。說不定還可以拿出來在謝辭他們面前炫耀一番，正想著，就聽到兩個女生的聲音，一人做作地說：

「噯，前面那個女生是不是就是九班那位……」

「哇，好像是她！」

接著兩人說起了不知道從哪裡聽來的八卦。她們以為自己聲音很小嗎？本來剛開始還不生氣，只是覺得好笑。但聽到後來，她們越說越離譜，什麼校外幾個男友，之前體檢還查出懷孕幾個月之類的……

付雪梨心頭火起，氣得腦袋冒煙，原地刹車，轉頭怒瞪那兩個說閒話的女生罵：「妳們有病啊！」

後面兩個人愣住了。

付雪梨白眼翻上天，毫不客氣：「妳們幾班的？再亂嚼舌根給我小心一點。」

她本來就美得很有攻擊性，發起脾氣來也異常淩厲，一股殺氣把人唬住了。明明在她們下面，卻整個人居高臨下的樣子，昂著下巴瞪得兩人說不出話，付雪梨這才罷休。

「小心——」在付雪梨轉頭的一瞬間，身後有人大叫。

該死的下雨天，地還能不能再滑一點？

誰能想到，在最後一場考試，付雪梨居然從樓梯上跌下來，把腿摔斷了。

夏天穿得少，沒有緩衝。她腳踝一扭，身體沒維持住平衡，結結實實地摔了下去。

正是英語考試前，譁然和尖叫聲之後，周圍陸陸續續圍著一群人。有同班同學認出她來，立刻通知了老師。

許星純趕過來的時候，手裡還拿著文具。他看到她坐在地上，血從跌破的皮膚裡滲出來。

瞬間身體就發麻了，血液彷彿凝固了。

他用指尖掐了掐掌心，強迫自己冷靜。脫下外套，捲起袖子，擠進人群。單膝跪下，想抱她起來。

付雪梨剛摟住許星純的脖子，卻被其他人攔住：「噯噯噯同學，你不能動她，鬆手鬆手，小心二次骨折。」

她有點崩潰，痛得倒吸一口涼氣。二次骨折還這樣撞老子！能不能輕一點啊？這他媽的也太疼了吧。

付雪梨眼冒淚花，但是愛面子，一直沒哭出來。倒是許星純滿臉的冷汗，滴進了眼睛裡。

可能是怕碰到她，也怕旁人擠到她，手臂撐在地上護著。

兩人貼得很緊，付雪梨感覺他的手在發抖，但是自己這時候疼得無暇顧及了。

聽到許星純問：「疼嗎……」

「廢話……」付雪梨斷斷續續地說，「我摔了一跤而已，又沒死，你的手能不能別抖了……」

此刻，老師也來了，打了急救電話，驅散人群要大家去考試，別圍在這裡。

救護車來後，老師注意到旁邊還有個男生，過來問許星純怎麼不走。

他說：「我是九班的班長，要陪她去醫院。」

「那你考試怎麼辦？馬上就開始了。」老師一時間有些為難。

一個護士說：「抓緊時間，需要一個人陪同。」

幸好這時付城麟火急火燎地趕來，他一下衝上救護車，以為自己妹妹怎麼了，嚇得要死。

救護車的門很快就拉上，快速駛出校園。

老師也趕著要去監考，對仍舊站在原地的男生說：「趕快去考試！」

醫生檢查後，又去拍了X光。傷勢並不嚴重，她除了腳踝扭傷比較嚴重，其他地方就是擦破皮，沒什麼大事。在醫院住了幾天就被批准出院，醫生叮囑了一些注意事項，讓她好好在家裡靜養。

轉眼一個多月過去。

付雪梨窩在家裡哪裡也不能去，喝齊阿姨煮的大骨湯，喝到都要發霉了，都被弄得沒了脾氣。

這一耽誤，學期都快過半了。本來學校建議休學半年，但付雪梨說什麼都不想留級。她雖然瘸著腿，但是好歹可以下床了，軟磨硬泡，付遠東終於同意讓她上學。

上學那一天，正好是運動會前一天。

上午第三節課前，有個男生進教室就笑開了。站在教室門口，誇張地說：「太搞笑了，你們知道我剛剛看到什麼了嗎？付雪梨一隻腿打石膏，拄著兩支拐杖，還是宋一帆把她拉上來的。」

有人不厚道地笑問：「怎麼個拉法？公主抱？」

身後的男生繼續他們的嬉笑，許星純神色如常，彷彿什麼也沒聽見。

他坐在椅子上，把手裡揉皺的紙丟進抽屜。

7

等紅綠燈的時候，計程車司機跟車上乘客攀談。他趁著間隙咬了幾口麵包，口中含糊地問：「小妹妹，看妳剛從醫院出來，身體不舒服還趕著去上課啊？」

略顯瘦弱的女孩微微側頭，似才回神。

司機這才看清楚她的臉。一張毫無攻擊性的臉，蒼白得沒有血色，眼珠特別黑，很單純的一副眉眼。

看她目光停留在麵包上，也不吭聲，司機羞澀地說：「這是我今天的第一頓飯。」紅燈只剩最後幾秒，他沒能多吃幾口便匆匆放下。

車子重新開動。現在是下午兩點二十分，許呦看向窗外。

一條寬敞平坦的柏油路，兩邊是高聳挨擠的綠樹。轉個彎，車子在臨市一中大門口停下。

這是她轉來這個學校的第二週，中午被小姨接出去吃了頓飯，趕回來上體育課。

付雪梨沒來上體育課，所以許呦上完課後，和班上女生一起結伴回教室。

在路上，大家本來是在說別的事，漸漸話題就偏離到班上的八卦和帥哥。

「妳呢，覺得我們班的哪個男生帥？」一個女生轉頭問。

許呦喝了一口水，搖搖頭。

快到樓梯口時，前面有一大群男生迎面而來。和旁邊的人一起，許呦默默站到一邊讓路。

就在這時，突然意外發生。

「——小心！」姚靜大叫一聲。

許呦站在臺階上，應聲抬頭，只見一個鐵杯向她砸來。

嗡地一下，耳朵劇烈痛了起來。外界雜音朦朦朧朧一片，她什麼也聽不清。

這時候湧上一群人，不知道誰是剛剛的始作俑者。

許呦努力穩住身形，彎下腰去伸手撿起掉在地上的水杯。因為疼痛，手指控制不住地微微顫抖。

周圍有好幾個人，她都看不清是誰。混亂中，她被撞到旁邊一人身上，那個人順勢扶住她的手臂。

許呦微微推拒著，疼得手心出汗，帶著少許笨拙，艱難地說：「我的水杯……」

謝辭彎腰幫她撿起來。

太親密的感覺，讓許呦覺得奇怪又尷尬。她用了點力，甩開他的手，退後兩步。

謝辭的身高比同齡人高出一顆頭，濕漉漉的額髮梳到腦後，眼眶略深，眉目清秀。藍白色球鞋沾了些黑灰，身上散發著汗水的味道，是一種劇烈運動後，屬於少年爆發力的氣息。

這種氣味讓許呦陌生。

她用手捂著被砸到的側臉，感到火辣辣的撕裂感。從脖子到耳朵，一寸寸往上燒。乍然一看，半邊臉像抹上了淡淡的胭脂，頭暈目眩了好一會兒才漸漸緩過神來。

「沒事吧？」他後退半步，問她。

「沒事，我沒事。」許呦搖搖頭，她天生的好脾氣。

謝辭低下眼睛，無意識地摩挲指尖。回想剛剛手心裡的觸感，濕黏黏的。

等人走遠，他的視線才從許呦身上收回來。

那肩背太單薄了，旁邊的宋一帆嘀咕了一句：「嘖，阿辭啊，你說這位同學怎麼長得這麼白？人小力弱。」

「剛剛那個人是我們班的？」有女生小聲說。

姚靜驚訝：「妳連他都不認識，謝辭啊，妳不是從國中部升上來的嗎？我覺得沒有女生不認識他耶。而且關於他的傳言很多，但是他只和幾個特定的人來往。」

謝辭是誰？

是學校裡無人不知，無人不曉的一中校霸。

雖然剛來學校，但在九班有兩個帥哥是出了名的。

一個許星純，一個謝辭。

如果說許星純是冷冷淡淡的天上月，不沾染一絲塵埃，那麼謝辭就是高高在上的熾烈金烏，讓人不能直視。不過兩個帥哥都如出一轍地寡言冷漠，不知傷了多少少女的心。

「他有女朋友嗎？」

「不知道耶，長得倒是滿英俊的。家裡有點背景，爸爸是搞房地產的。」

一個女生冷嘲著說：「八婆，妳們在這裡說半天，別人認識妳們嗎！」

「拜託，我又不喜歡謝辭，妳這麼陰陽怪氣幹什麼？」

其實現在這個年紀的女生並不全都喜歡抽菸、喝酒、打架的小混混。那種容貌成績出眾的男生，往往更令懷春少女心馳神往。

像符藍，就覺得許星純這種紳士更符合她內心白馬王子的標準。

許呦默默走著，聽到姚靜忍不住說：「剛剛近距離看了一下謝辭，這位是什麼言情橋段裡男主角的臉，我要爆炸了。」

說著說著，就走到了教室。

教室裡的人還不多，付雪梨懶洋洋的，又翹掉體育課，坐在教室後排啃蘋果看小說。

她看到許呦臉上的紅腫，馬上站起來問：「怎麼了，誰欺負妳了？」

「我沒事的，」許呦的頭低一點，頭髮遮住臉頰，「過一會兒就好了。」

剛轉來這個學校，她還沒有適應。不過她話少，性格也比較內向，有什麼都藏在心裡。

等第二節課下課，付雪梨才從符藍嘴裡知道是謝辭弄的。

還沒等她去找謝辭算帳，就有一個女生先一步替許呦打抱不平。

倒是滿眉清目秀的，語氣嬌憨，滿滿地擔心：「你剛剛砸到我朋友，她的臉現在腫起來了，你知道什麼可以消腫嗎？」

許呦坐在前排，聽到有人替她說話，急著轉身想阻止，卻來不及了。

謝辭靠在椅背上，抬頭打量這個女孩，伸手摘下一邊耳機。

「什麼？」他問。

「消腫的藥，你知道嗎？」

「我怎麼可能知道。」謝辭說得理所當然。

「那許呦怎麼辦？」

「關妳什麼事。」他說著，眼睛卻看向許呦。

那女生沒料到他會這麼說，一時間把自己弄得有些狼狽。

有人陰陽怪氣地跟著起鬨，故意逗她。

雖然說的是一些玩笑話，但也讓那個女生有些尷尬，緊隨而來又有些羞恥，臉一熱，血氣翻湧至胸口。

謝辭倒是沒什麼表情，他把臉一側，手臂橫在桌上，腿隨意放在椅側，低下頭繼續看籃球雜誌。如此旁若無人，置身事外，使那個女生更加難堪。

那女生才抬腳準備要走，就被旁邊好事的男生推到謝辭身上。

一個踉蹌倒下，謝辭單手撐住桌子，伸出手穩住她的身子。

幾秒後，他聲音響起：「發什麼呆。」

雖然行為舉止禮貌，可是離得那麼近，女生從謝辭的眼裡只看到了冷漠。

「辭哥，你這樣可真沒意思，人家都主動投懷送抱了！」有人又笑。

女生整理頭髮回到位置上，一邊掉眼淚，一邊把頭埋在手臂裡。許呦剛想起身過去，無奈上課鐘聲在這時候打響。

付雪梨全程旁觀，她一眼就看出這個女生的目的，但是許呦卻心裡十分焦急。位置隔得比較遠，許呦只能沉默地看著那個女生哭。她哭了半節課，許呦一節課都在想，下課要怎麼安慰那個女生。

後面的男生一直用筆戳她背，許呦也絲毫沒反應。到後來騷擾越發變本加厲，許呦在草稿紙上寫了一句話，撕下來丟過去。

『上課不要打擾我。』

謝辭微微彎腰，身子往旁邊傾，探出頭來看她。像是逗出了意思，「真是服了，我又沒欺負妳，妳在跟我生什麼氣啊？」

8

付雪梨覺得自己一跛一跛的不好看，又愛面子，於是挑了一個大家在做操，班上沒人的時間從後門偷偷溜進教室。

黑板上還有上節課沒擦掉的粉筆痕跡，一個人都沒有，她就一瘸一拐地溜達了一圈。

找到貼在牆上的成績單，打算欣賞一下自己的分數。

怪不得老師會專門打電話給付遠東表揚自己……居然全都及格了，進步還是很大的。

欣賞完第一遍，再欣賞第二遍。第二遍再看，她感覺有點不對勁。

可是……哪裡不對呢……

又仔細看了一下，終於發現哪裡不對勁。

是許星純！

以往他的名字都是位居榜首，可這次第一名的卻是符藍。付雪梨找啊找，在二十名外才找到他。

實在是太不可思議了……

許星純的年級排名從沒掉出前三過，怎麼可能考到二十幾名……

疑惑中，她仔細看他的單科成績，終於發現端倪——他的英語成績是零分。

腦子裡回想起那天她從臺階上摔下來，剛好是在考英語之前。這麼巧？不會是他耽誤考試了吧？

難道是因為她？

也不對啊……許星純又沒有跟去醫院，就算耽誤了一點時間，也不至於零分吧。

亂七八糟的猜測堆積在腦中，付雪梨回憶了一遍，完全理不出什麼頭緒。

教室門突然被推開。

她回頭，看到許星純站在講臺上。他剛運動完，只穿一件灰藍色毛衣，襯得人如松柏一般挺拔。

自從上次後，兩人已經有一個多月沒見了。她傻站在原地，慌張半天，只擠出一個字：

「嗨……」

可是許星純明明看見她了，卻視若無睹，徑直走回自己的座位。

她正要喊他，這時陸陸續續有人回到班上，漸漸喧嘩起來。付雪梨還沒回到座位上，就被一群人熱情地圍了起來，七嘴八舌地問東問西。

腿怎麼樣、拐杖怎麼樣、在家裡怎麼樣……付雪梨心不在焉地回答。

老師來了，大家才散開。

直到上課，付雪梨也沒找到機會和許星純說話。

過一會兒，她旁敲側擊地向符藍打聽了一下上次月考，許星純的成績到底怎麼搞的。

符藍也不是很清楚，想了一會兒，說：「妳一說我就想起來了，老師還在班上批評班長，說什麼胡鬧也要有個限度啥的，還在教室外面找他談話，聽說是因為他英語考試交了白卷。」

「他沒去考試？」付雪梨問。

「去了啊。」符藍晃晃腦袋，抄黑板上的筆記，隨口說，「誰知道他怎麼想的，去了吧，但是一個字沒寫。」

「好吧……」付雪梨若有所思。

老師在講什麼都沒聽清楚，她光盯著許星純的背影就恍神了大半節課。

一下課，大家都在收拾東西，準備往外走。

「要幹什麼？不是還有一節課嗎？」付雪梨問符藍。

「老師剛剛上課不是說了嗎？下節課去一號樓的實驗室做生物實驗。」

實驗每組四個人，一節課要完成兩個實驗。一個是解剖鯽魚觀察牠的呼吸方式，還有一個是探究植物細胞的吸水和失水。

付雪梨可以走路，就是比正常人慢一點，跛一點。宋一帆看不下去，過來扶她。路上還一直碎念：「妳說妳怎麼這麼多事？走又走不動，上上下下跑幹嘛？這個鬼實驗不去也沒什麼吧，妳翹掉的課還少嗎？」

付雪梨敷衍他：「反正我就是要去。」

「怎麼從沒看出來妳這麼愛讀書呢？」宋一帆嘀咕。

到了實驗室，一部分的人已經分好了小組。

付雪梨、宋一帆、謝辭等人出現在這裡，顯得特別格格不入。他們甚至連書都沒帶，做個屁實驗。

謝辭拉了一張椅子坐下，長長的腿隨意耷拉著，左右看看，對著宋一帆歪頭示意：「我們走？」

「好啊，上網？」宋一帆兩眼放光。

「不行，你們留在這裡陪我。」付雪梨打斷他們。她抬頭，看到許星純正好從那邊過來便喊道：「許星純！」

他站住，回頭看她。

宋一帆神色震驚，覺得付雪梨肯定是瘋了，因為他居然聽見她說：「那個……你能不能和我一組？宋一帆和謝辭都沒帶書，他們也不會。」

被代表的謝辭、宋一帆：「……」

許星純看到他們幾個人，也沉默了。但是他遲疑了幾秒，還是沒有拒絕她的要求。

於是……這一屆九班最出名的兩個男生，在實驗桌上首次會晤。外加一個瘸腿的付雪梨，真是備受關注。

老師說了幾個注意事項後，就讓大家開始行動。

他們這一組，明顯只有許星純知道該幹什麼，他得一個人做兩個實驗。

付雪梨把試管從實驗臺上拿起來，敲了敲旁邊的玻璃杯，叮叮作響。

「之前沒發現，班長你還挺白的啊。」宋一帆竟和許星純聊起天來。

「你也不錯。」許星純脫掉外套，背過身去，穿上實驗服，一顆一顆扣上釦子。

看了一眼付雪梨，宋一帆嘿嘿笑起來：「班長，我和謝辭要出去上網，辛苦你了。」

說完，兩人趁老師不注意就溜走了，只剩下許星純和付雪梨兩個人。

許星純彎著腰，微微撇過頭，側臉輪廓鮮明。挨著她，兩人距離很近。付雪梨不敢多看他的臉，便移到他手上。

他專心解剖鯽魚，手法熟練，乾淨俐落，看得旁人對他的崇拜之情更上一層樓。

終於，她忍不住說：「上次……考試謝謝你。」

「不用謝。」

付雪梨覺得他好像帶著什麼情緒，不由得問：「你又怎麼了？」

許星純摘掉橡皮手套，拿過紙和筆低頭記錄資料，隨口說：「我很好。」

被刺到了。付雪梨耐著性子轉移話題：「你英語考試是怎麼回事，沒去嗎？」

「去了。」

「那為什麼是零分？」

「我沒寫。」

「為什麼不寫？」

「不想寫。」

她勉強地笑：「不是為了我吧？」

「……」

許星純毫無反應，付雪梨只好作罷。這個人怎麼這麼難溝通？

付雪梨托著腮，審視著許星純。起身的時候一不留神，把旁邊的玻璃試管撞到地上，摔碎了。

她嚇了一跳，剛想去撿碎片就被許星純喝止：「別動。」

老師正好在巡視，聽到動靜走過來問：「你們這是怎麼回事？」

她剛想開口，許星純搶先說：「對不起老師，我剛剛做實驗不小心手滑了。」

生物老師認出是許星純，臉色隨即緩和：「沒事，下次小心點，注意安全。」還關心地問：「做完了嗎？」

「快了。」許星純點頭，「謝謝老師。」

剩下的時間，付雪梨撐著下巴安靜看他做實驗。身邊的人都漸漸走了。

「你不是說快了嗎？為什麼還沒做完？」

他打開水龍頭，把玻璃板放在水池裡沖洗：「做完了，我在收拾實驗器材，妳可以先走。」

「算了，看你可憐，等等你。」她無聊地趴在實驗臺上，頭轉向另一側，盯著空空的走廊，「唉，我剛剛又聽到八卦，聽宋一帆說你最近和夏夏走得很近啊……其實夏夏滿漂亮，你們也滿配的……」

自言自語半天，安安靜靜，沒人回應。

一轉頭，發現身邊空了，許星純居然已經走了。

？！

「許星純。」她單腳跳著追出去，直喊他名字，「你等等我。」

因為腿不方便，她嫌拐杖礙事便丟在一旁，一蹦一跳地扶著欄杆，一個臺階一個臺階地跳下去。

許星純站在原地。

下完最後一個臺階，她跳到他面前，一下沒站穩，許星純伸手扶住她。

付雪梨大聲喘氣，整張臉都皺在一起：「你、你也太過分了吧，居然丟下我一個人……你是什麼、什麼意思——」

話音戛然而止，她突然被人抱住。

力度很輕、很輕的擁抱，許星純的手臂似乎根本沒碰到她。他只是抱著她，身上淡淡的氣息將她圍住。付雪梨的手腳都不知道何處安放，站著完全不敢動。

9

許星純把額頭抵在她的肩上。這個動作倒有幾分不自知的可憐，搞得付雪梨有點呆愣，就像回到了過去。

那時候的許星純沉默冷淡，不像現在表現得處處溫和得體、冷靜從容。但他對她總是熾熱隱忍，有著十二萬分的耐心與溫柔。加上許星純清澈深邃的小內雙、秀挺的鼻梁、長直的睫毛、害羞的酒窩、鮮明的五官線條，全都完美戳中她的審美觀，所以付雪梨從來都沒能下定決心和他徹底斷絕關係。

周圍安靜得針落可聞。

過了不知多久，她才抬起兩手撐在許星純肩上，沒用什麼力氣就推開了他。她有點稀里糊塗，但儘量裝沒事一樣看著他問：「你要幹嘛？」

許星純被推開，眉頭都沒皺一下，只是淡淡地問：「妳希望我和她在一起嗎？」

這個嘛……肯定不能說希望，不過自己憑什麼反對？

避開他的視線，付雪梨的話到嘴邊打了個滾，又改成了：「那個，你喜歡夏夏就和她在一起，不喜歡就不在一起，反正我又不介意你和誰在一起。」

「妳知道我喜歡妳。」

他不是一個情緒外放的人，今天這麼直白，所以這句話還是很有殺傷力。

往事在付雪梨的腦子裡重現，不過還是一團漿糊，便下意識地撇清關係：「但我只把你當朋友。」

說完看到許星純的表情，心裡有點後悔。但是為了面子，付雪梨只得把話講完：「至於我們以前的事情，過去就過去了，是吧？」

這些話她自己說起來，其實也有點猶豫。畢竟最近幾次，好像都是她主動招惹許星純。

「妳知道我喜歡妳。」許星純再次重複。

似乎……有點不對勁啊……

她吞了吞唾沫，勉強笑道：「嗯……那個什麼……我覺得我們不合適。如果最近我的行為讓你誤會了什麼……不好意思……我不是故意的。」

「我能誤會什麼？」許星純蹙眉，笑容很奇怪，嗓子乾澀，「誤會妳還喜歡我？」

付雪梨睫毛微顫，難得有些不好意思。

不管怎麼說，許星純是她曾經喜歡過的人。所以她對他總是藕斷絲連，要在某些事上擺正自己的立場滿不容易的。不過……擺不正也不怪自己。

對於許星純，恐怕每個女生都無法眼睛眨都不眨地拒絕。

付雪梨天生就是厚臉皮的性格，心中閃過無數個念頭為自己開脫，很快就恢復了坦然：「你什麼都別誤會最好，反正我把你當朋友。」

她哪知道自己的幼稚和傲慢，刺在別人身上會有多痛。

不知是不是錯覺，許星純的臉比平時要白一點，英俊的五官繃著，眼裡是望不到頭的平靜。

「你之前的考試考卷還在我這裡，有時間來找我拿。」

他低下頭貼著她的耳朵，垂下眼瞼，聲音很輕，很淡：「付雪梨，到此為止。」

§ § §

運動會因為下雨，又推延了一週。

她和許星純好像陷入了一種奇怪的角力。兩人好不容易緩和的關係，變成了互不搭理的狀態。只不過他好像更加冷淡堅決一點。

許星純說的到此為止是什麼意思？

不喜歡她了？決定放棄了？還是要報復她？

付雪梨糾結了，腦袋裡好像有兩個小人在打架。

一個說：別騙自己了，妳明明還喜歡他，不然為什麼這麼焦慮。

另一個說：妳不是早就想好了嗎？他不喜歡妳，妳應該高興，別再重蹈覆轍了。

就這麼過了幾天，她挫敗地發現，自己不但沒有舒服暢快，反而陷入了煩惱和煎熬。她沒有什麼能說心事的女性朋友，從小到大，講心事也只能找自己哥哥。

晚上端了杯牛奶，付雪梨滿腹心事地敲響了付城麟的門，漂亮的杏眼裝滿了憂愁。

他正在打遊戲，沒工夫理她，隨口問：「找我幹嘛？」

「傾訴我的感情煩惱。」

遊戲裡廝殺激烈，付城麟明顯對她的少女心事不在意。

兩人斷斷續續地交流。

終於一局遊戲結束，他摘掉耳機問：「所以妳到底在心煩什麼？」

付雪梨坐在床上，神色放空：「我不知道自己喜不喜歡他。」

「喜歡誰？」

付雪梨描述了一下和許星純的事，付城麟聽完便冷嘲：「如果他真的是妳說的這種人，用屁股想也知道你們不會有結果。」

「為什麼？」她問。

「妳缺乏覺悟，我懶得跟妳說。」他老神在在，拿起手機回朋友訊息。

又是一陣沉默。

「那……那如果我還喜歡他呢？」付雪梨試探地問。

「付雪梨，綜合妳前面說的，我知道妳喜歡玩，但妳要想清楚，妳是能忍受被束縛的感覺，還是更能忍受不被他喜歡的感覺。人家一顆少男心可受不了妳糟蹋幾次。」

付城麟最近不知道是不是女性雜誌看多了，說話總有一種濃濃的知音味。

「我沒有糟蹋。」付雪梨底氣明顯不足，「況且他不喜歡我，還有一大把的人排隊要追我。」

「妳現在不痛不癢，等人家真的不喜歡妳了，妳確定不會後悔，不會不甘心？」

「當然不會。」

付城麟冷笑，把手機扔回床上：「我真是好奇……」

「好奇什麼？」

「好奇是什麼樣的人，能夠忍受妳這麼反反覆覆。妳一下喜歡，一下不喜歡，這不是把人家自尊踩在腳底下玩嗎？」

「我哪有。」付雪梨氣憤地捶床，「我沒有！」

「妳沒有？」

好一會兒，她才小聲開口：「沒有……我一直都要他放棄啊，我不想耽誤他。而且許星純功課這麼好，長得這麼帥，人這麼聰明，隨便勾勾小指就有一群人撲上去，他幹嘛對我這麼執著？我有點害怕。」

付城麟直搖頭，嫌棄味十足。他知道，付雪梨年紀雖小，卻天生渣女屬性。心血來潮就隨便和別人玩到她膩了為止，從來不在乎戀愛的契約精神。

他也最瞭解自己妹妹。要想降服她，只有冷落她，讓她嘗到失去的滋味。痴心和窮追猛打是沒用的，越這樣她越逃。

「妳現在是無所謂，因為妳心裡明白他喜歡妳，才會說無所謂。到哪天人家真的不喜歡妳了，看妳還是不是無所謂。」付城麟一針見血。

「我就無所謂。」付雪梨回嘴，一頭栽倒在床上。

「那妳放過我吧，別在我這裡浪費時間。」

§ § §

終於等到一個不下雨的運動會。

最近李傑毅陷入了愛河，瘋狂追他們班的一個女生。

付雪梨腿上打著石膏，不方便出去玩。在教室待著無聊之時，被宋一帆他們拖去布置表白現場。

地點在學校的一個生物園裡，平時去的人很少。

一群人張羅著蠟燭和玫瑰，旁邊有一把木吉他和橫幅。謝辭懶得參與這種活動，在一旁打遊戲。

他們討論著誰要去把那女孩帶到這裡，搞來搞去敲定是付雪梨。李傑毅求來求去求了半天，直到念得付雪梨頭疼，才不情不願地同意了。

那個女生是乖乖女，運動會就坐在看臺上安靜地看書。

付雪梨拄著拐杖，艱難地爬上去，坐在女生身邊。她咳嗽一聲，在腦子裡想該如何套近乎。目光游離時，突然定格到前方某處，付雪梨愣住，忘了自己要說什麼。

一男一女，他們背對著她並排坐在一起。

這麼冷的天，夏夏還穿著短裙，伸直兩條又白又長的腿，親昵地和身邊的人不知道在說些什麼，抿唇直笑，很高興的樣子。

她突然伸手指向某處地方。

許星純手肘撐著膝蓋，T恤被汗水洇濕，望向夏夏指的操場跑道，捏著手中的水瓶，側著臉，嘴角一彎笑了笑。

這個場景，沒來由地讓付雪梨心頭火起，美目圓瞪，簡直是越看越氣。許星純也太快變心了吧！前幾天還說自己和夏夏沒什麼，她還天天這麼糾結，他轉眼就和人家這麼親密？

當然，付雪梨也沒有深究自己的想法是不是很自私。失落、委屈、憤怒、委屈的情緒糅雜在心頭，付雪梨消化了一段時間，又暗暗唾棄自己心胸狹窄。

正在吃力思考著，這時李小強跑過來，一不注意踢飛了她的拐杖。那根拐杖好巧不巧，就這麼直挺挺地順著臺階滾下去——滾到了夏夏身邊。

這個動靜打擾到了兩人。許星純回頭，遙遙注視著付雪梨。

10

李小強愣了一下，沒反應過來是什麼情況，喃喃道：「對不起啊……」

「你站著幹嘛，給我撿回來！」付雪梨氣得踢了李小強一腳。

「不是，我、妳看……」李小強指著遠處，「人家不是親自幫妳送上來了嗎？」

付雪梨抬頭就對上了許星純的視線，頓了一下，然後才落到來人身上，一個笑臉映入眼簾。

夏夏倒是真的很善解人意，見到付雪梨就笑了一下，主動遞拐杖給她。

李小強不好意思地撓頭說：「學姊，真麻煩妳，還親自送上來。」

夏夏笑：「沒事。」

「謝謝……」她接過來，低頭看了看手上的拐杖。

察覺到付雪梨的情緒有些不對勁，夏夏關心地問：「妳怎麼了？是不是哪裡不舒服？」

「啊？」付雪梨飛快地說，「沒沒沒，我沒事，謝謝妳。」

等夏夏走後，李小強長籲短嘆：「唉，羨慕，真羨慕！長得帥就是好，班長桃花不斷啊。」

「許星純。」夏夏開口叫了一聲。

「嗯？」他擰開礦泉水瓶蓋喝了口水。

夏夏「嘖」了一聲：「你臉色看起來不太好，是不是剛剛跑步太累了？我跟你說什麼，你都興致缺缺的。」

「不然這樣，」她提議道，「我帶你出去玩？」

許星純搖頭：「我等等還有事。」

「什麼事？你就是不想去。」

「幫老師送表格。」

「好吧……」夏夏看到他滿臉難掩的疲倦，皺了皺眉，「你是不是沒休息？」

夏夏長這麼大，第一次見到這種高度自律又克制，還特別帥的男生。所以理所當然地對許星純產生好感，不然也不會這麼多次主動。

但他總是不冷不熱，讓她有些頭疼。

兩人正說著，旁邊傳來故意清嗓子的聲音，抬頭一看，是隔壁班夏夏認識的好友。

「喲，夏夏大美女怎麼在這裡？」那個男生的視線在他們身上停頓。

「關你什麼事啊？別八卦。」夏夏哼了一聲，順口和那個男生聊了幾句。

許星純忍了很久，還是回頭看了一眼。

付雪梨早就不見人影了。

「怎麼了，感覺你一直都心不在焉的？」夏夏歪著腦袋，伸手在他眼前晃了晃。

他移開視線。

夏夏忽然嘆了口氣：「不知道是不是我的錯覺，總覺得……你一點都不高興。你簡直就像個紋絲不動的大石頭，什麼情緒都沒有。」

「是嗎？」

「我的錯覺嗎？」

他睫毛垂下來：「錯覺。」

§ § §

他們坐在那裡聊著，付雪梨早沒了玩樂的心思。打了個電話給家裡的司機來學校接她，然後撇下李傑毅那群人，連招呼都沒打就早早離開了學校。

那天晚上李傑毅的表白很轟動，論壇上發了很多貼文，都說他超帥，超浪漫。

付雪梨津津有味地看著，隨手一翻，隨便瞥了一眼，看到一個貼文的標題：

『一中的美女帥哥真多，隨手一拍就是一道風景線』

她還沒點進這個貼文，看到第一張預覽圖就愣住了。

坐在看臺上的不是夏夏和許星純嗎？

付雪梨冷笑了一下，盯著那張高清圖片，心情簡直像踩了狗屎一樣糟糕。

現在的學生是不是讀書太無聊了，也太八卦了吧？以為自己是狗仔隊呢，參加個運動會還要帶相機，這種高清圖片絕對不是手機能拍出來的。

她罵了一聲，用腳蹬被子，鬱悶得要死。

晚上睡是睡不著了，翻來覆去都想著這張照片，到天亮才迷迷糊糊地睡去。下午被宋一帆的一通電話吵醒：『梨啊，妳人呢？晚上班聚妳不來了？』

「什麼，什麼班聚？」付雪梨頂著亂糟糟的頭髮，坐起來一點。

她昨天和今天都沒去學校，自然不知道班聚這回事。

『喂，說話啊，來不來？』宋一帆在電話那頭催促。

付雪梨理了理頭髮，問：「有誰啊？」

『班上的人都來了，運動會慶功宴呢。』

因為司機跟著付遠東出門辦事去了，宋一帆他們繞路來接付雪梨，一行人到了吃飯的地方，都快坐滿了。來的人多，就分成了幾張桌子。

付雪梨隨便拉了張椅子坐下來，抬頭一看，才發現許星純也在這張桌子。

就在她對面，這就有點尷尬了。

他今天沒穿校服，黑色T恤顯得人又高又瘦，皮膚比女生都白。不能否認，許星純這樣確實很帥。

這頓飯吃得付雪梨食不知味。

不過有宋一帆的地方就熱鬧。他們讓服務生上了一箱酒，這桌沒冷場過，整廳都能聽到他們沸騰的笑聲。

終於擺脫了學校，大家都沉浸在狂熱的氣氛中，誰都沒發現許星純中途出去了。付雪梨也被灌了不少酒，到後來憋得不行，跑去上廁所。

出來後，因為腦子比較迷糊，一時間忘了路。七繞八繞，繞到一個地方。

外面的夜幕黑得發藍，霓虹閃爍，星星很少。昏黃的燈光下，許星純懶洋洋地趴在窗口，長腿微微屈起，叼著菸，有一搭沒一搭地抽。

看了一會兒，付雪梨轉身準備走，這時許星純側過頭，兩人目光交匯。

「你、你在這裡幹嘛？」她大著舌頭問。

「我馬上回去。」

付雪梨「喔」了一聲。

她可能是喝多了腦子短路，她居然主動過去，和許星純聊起來：「你哪來的菸？」

許星純不說話，就這麼看著她，側臉被燈光陰影襯托得很柔和。

「尼……尼看我幹什麼？」她現在搖搖欲墜，連咬字都不清楚了。

模樣別提有多萌了。

「怎麼，想親我？」

這麼令人害羞的話，從她嘴裡說出來，竟帶著興師問罪的意思。

緊接著，付雪梨抓住他修長的手指，另一隻手摸上他的腰：「你、你親我唄，我不會要你負責。」

「妳喝多了。」許星純的聲音很輕。伸手攔住她，讓她靠在牆上。

「喂喂喂，你回來！」付雪梨向前撲了一下，表情凶凶的。

「許星純，你敢走試試。」她一巴掌拍在窗框上。

他腳步不停。付雪梨急了，衝過去，拽住許星純的上衣：「你他媽給我站住！」

「放手，付雪梨。」

付雪梨喝醉了，但他沒有。

「別想，不放、不放就不放。」

她蹦過去，把他按在牆上。兩人貼在一起，沒有一絲縫隙。

「妳幹什麼……」許星純的呼吸已經亂了，他低下頭，頸線繃直，手緊緊抓著付雪梨的肩，別開臉艱難地躲著她的吻。

她不管不顧，圈住他的脖子，對準他的下巴吻了下去。

11

還恃住年少氣盛　讓我衝動背著宿命
完全為你現形　我信與你繼續亂纏
難再有發展但我想跟你亂纏
飛天遁地貪一刻的樂極忘形
好想說話　不眨眼睛
這愛情無人性　但是我清醒
月亮總不肯照亮情欲深處那道背影
浪漫到一起惹絕症

隔壁包廂隱隱傳來嘶吼的歌聲，是陳奕迅的無人之境，斷斷續續。奇怪又詭異的歌詞，在此刻卻別樣應景，滿腔的情恨和撕心裂肺都化作低吟淺唱。

走廊的燈不知道怎麼滅了。在黑暗中，對方的眉眼輪廓只能看到大概。付雪梨熱得身上冒汗，揪著許星純的頭髮，一下接著一下胡亂地親，沒個準頭，擦過鼻梁、嘴唇、下巴。不像是要接吻，倒像是單純發洩。

淡淡的脂粉味傳來，她的吻就像彎刀，割得人肝膽俱裂，可這種疼又太敷衍，轉眼就雲消霧散。

兩人都在喘氣，呼吸聲很重。

許星純閉上眼又睜開，抓住她的手腕防止她亂動。聲音很低，但是冷冷的，非常生硬壓抑：「付雪梨，妳到底想怎麼樣？」

清雋陰鬱的臉龐明明近在咫尺，卻悲喜不明，無法親近，虛幻得一點都不真實。

聞到他衣領上清淡的肥皂香氣，這熟悉的氣味，讓糊里糊塗的付雪梨焦躁起來，繼而突然一陣鼻酸。

她這時酒勁上來了，保持掛在他身上的姿勢，抹了一把嘴角：「你這個人……怎麼這麼麻煩……」

當朋友麻煩，談戀愛也麻煩，幹什麼都麻煩……

緊接著，她抽泣了一下，聲音帶著一絲哭腔：「許星純，我很傷心的，我……現在特別想我爸爸媽媽……」

回。

「……」

許星純一時之間還沒反應過來這是什麼情況。反射性地伸手想扶起她，伸出後，又克制地收

他知道自己的內心深處有種情緒又開始瘋狂滋長，花費很大的力氣才讓自己冷靜下來。

「我想叔叔……也想我哥哥……」她不知道突然被戳中了哪根神經，滑坐到地上，拿手指胡亂抹眼淚，「我知道自己喝醉了，其實我特別不喜歡喝酒，也不喜歡別人喝酒，因為我從小就怕我叔叔喝酒……以前叔叔喝多了，回家就吐，我看了特別心疼……」

事實證明，酒喝多了雖然還有意識，但對意識的控制能力非常弱。但凡付雪梨能清醒一點，就知道自己強吻了別人，又自己蹲下來哭哭啼啼地喊爸爸媽媽有多一言難盡。

「——終於找到妳了，付雪梨！」宋一帆嘆了口氣，「靠，我還以為妳掉進廁所裡了呢。」

聲音由遠及近，付雪梨抽抽噎噎地抬起頭。

等到宋一帆走到跟前，終於發現旁邊還站著一個人。顧不上震驚，短暫的沉默後，他咳嗽一聲，試探性地問：「這……這怎麼回事，你們……吵架啦？」

付雪梨又哭起來，把他當空氣。

「她喝多了。」許星純說。

眼神觸及許星純身旁的半包菸，宋一帆回味過來，笑了：「真看不出來啊，班長你還會抽菸……真是……」他想了一下，撫掌道：「真是夠悶騷，真人不露相，露相非真人！」

還沒說兩句，又一個男生迷路了，不巧也繞到這犄角旮旯的地方。

「你們、你們在這裡幹嘛？」那個人傻眼了，驚訝地看著他們，看了眼付雪梨，「這是怎麼了，她怎麼哭得這麼傷心？」

宋一帆手插在口袋裡，淡定地說：「付雪梨酒喝多了，尿不完，於是哭出來，是身體的一種應對機制。不要在意，她很好，你先回去吧。」

來人被唬得一愣一愣的，直點頭：「喔、喔，那就好。」

等那個男生走後，宋一帆揚了揚下巴：「要不然我先……」

「我送她回去。」許星純盯著他說。

兩人面對面站著，就這麼互相對視半天。

宋一帆隱約覺得奇怪，現在站在他面前的許星純，與平時溫和平靜的他不太一樣。

似乎偶然一瞥，窺視到他隱藏的冰山一角。於是後半截話，他硬生生吞進了肚子裡，嘴上回應著：「行、行，你送？」

「嗯。」

「嘖嘖嘖，」宋一帆朝他挑眉，笑了笑，非常耐人尋味，「班長，你挺能忍的啊。」

這番話意味不明，但聰明人都懂。

目送他們走後，宋一帆揉了揉鼻尖，瞎琢磨了一會兒。

他什麼時候招惹許星純了，他對自己的敵意怎麼那麼強呢？

§ § §

兩人走出了飯店，才發現夜晚溫度降得厲害，風呼呼地刮。他脫下外套，披在她身上。

付雪梨依舊沉浸在混沌和迷茫裡，但除了腳步有點飄，也沒有繼續發酒瘋。

這個地段是黃金商業區，隨便就攔到了計程車。

付雪梨坐在車上，把腦袋靠在許星純肩上，悶得慌，有點反胃。

「我渴，」她因為剛剛哭過，嗓子啞了，「許星純，我要喝水。」

「妳說什麼？」許星純湊近了一點。

付雪梨嚷嚷著：「我要喝水。」

「等等下車了，我買給妳。」

她不滿意，開始掙扎：「不要……我現在就要喝水，我渴。」

「……」

看了她一會兒，許星純輕輕嘆了口氣，讓司機停車。

司機從後照鏡看了他一眼：「這麼疼女朋友，渴了就忍到家再喝嘛，還費勁折騰。」

許星純嗯了一聲：「前面路口有個超市，麻煩您停一下，謝謝。」

司機搖搖頭，笑著嘖了一聲：「這個小妹妹以後有福了。」

許星純給了錢，帶她一起下車。剛好路邊有個長椅，他扶她坐好。

身子微蹲，低頭看著付雪梨。

幾秒後，抬手輕撫過她的臉：「在這裡別亂跑，我馬上回來。」

付雪梨點點頭，卻拉著他的手不放。

「妳怕我走嗎？」他蹲下身子，耐心地看著她，像對待小朋友一樣。

她也不吵著要喝水了，偏頭看著他，醉意朦朧，睫毛濕漉漉的。

又戳了戳他臉頰旁邊的酒窩，笑咪咪的，完全不害羞，大聲道：「我好喜歡你的酒窩，能讓我親一下嗎？」

深夜，旁邊有一群人笑鬧著路過，當中有一兩個人向他們投來好奇的目光。

許星純的手指抵著唇邊：「小聲一點。」

付雪梨忽然抬手，捂住他下半張臉，只露出一雙在夜裡很溫柔的眼。

掌心傳來酥麻的感覺，似乎是他的呼吸。她的手指微微蜷縮了一下。

12

宋一帆回去之後，又認真想了一下付雪梨和許星純的事。

飯局到尾聲，他閒得無聊，拿出手機叫李傑毅和謝辭他們出來打撞球。

去的會所是謝辭家開的連鎖俱樂部，同一層還有一家酒吧，是他們平時吃喝玩樂的根據地之一。

謝辭身體趴在撞球桌上，找準位置，一桿進洞。

宋一帆姿勢散漫，拿著球桿站在一旁。

「在想什麼，笑得那麼賊？」趁著休息的空檔，李傑毅幫自己倒了杯水，然後拿出一包菸丟給旁邊的人。

「你那個妹妹呢？」

李傑毅想了一下：「你說郭佳？」

「對啊。」

「怎麼，想追？」

「你可別亂說，」宋一帆趕緊澄清，「我要是追郭佳，付雪梨會砍了我。」

聽到這句話，李傑毅特別納悶：「對了，我都忘記問你了，郭佳什麼時候得罪付雪梨的，她們怎麼槓上了？」

「這我怎麼知道，她們女生的事你少管，都是鬧的唄……」宋一帆不怎麼認真地說，「據我所知，你妹妹喜歡的男生是付雪梨前男友。」

「她還有前男友？我怎麼沒聽說過。」李傑毅記得付雪梨向來眼高於頂，雖然分分鐘都能找到男朋友，但除了謝辭那張臉，估計還真的沒有人能入她法眼。

「你和我們又不同班，知道個屁，而且他們好像沒談多久就分手了。」

「那分了就分了唄，怎麼樣，付雪梨和郭佳鬧是因為還喜歡這男的？」李傑毅眼裡閃爍著八卦的光芒，「怪不得最近總覺得她很反常！」

順著李傑毅的這番話想，似乎也沒錯，不過……

宋一帆搖頭：「付雪梨特別愛鬧你又不是不知道，誰受得了她折騰，不知道是被誰寵的，一身公主病特別嚴重。」

「我覺得你就能受得了她。」李傑毅擠眉弄眼。

「你別逗了，兄弟。」宋一帆差點一口水噴出來，指了指自己，「我和她？？！！」

「怎麼，反應這麼大？」

宋一帆瞥他一眼：「懶得跟你說。」

§　§　§

第二天早上七點多，付雪梨就醒了。朦朦朧朧地，把頭縮在被子裡，眼睛還有點腫。窗簾不透光，房間裡還是昏昏暗暗的。

她習慣性地摸起手機，跳出一大堆訊息。粗略翻了一遍之後，付雪梨想死的心都有了。

——她居然傳語音給幾個好友，現場直播發酒瘋。

發酒瘋也就算了，還是加哭嚎的那種，真是丟臉丟大了！

付雪梨一陣懊惱，突然腦海裡就浮現出昨晚和許星純……靠！！

她一下從床上彈起來，頭疼地想，真他媽的美色誤人啊……

她喝完酒居然這麼倒貼許星純，是有多饑渴？以後該怎麼在他面前保持高冷的形象？實在是太丟人現眼了，付雪梨一時間無法接受自己的所作所為。於是打著腿傷的幌子求付遠東，在家又龜縮了大半個月沒去上學。

一轉眼，學期已經過去一半。夏天還沒怎麼過，深秋就來了。

好不容易來上學，付雪梨的生理時鐘都沒調整過來，一副昏昏欲睡倦怠的樣子。

前兩天剛好是期中考試，今天高一的年級排名貼在樓下，許星純的名字醒目，不負眾望，又重回第一。一下課，班上的人都在討論，時不時飄到付雪梨耳朵裡。

她不禁想起早上在樓梯那裡看到許星純，他手裡拿著一疊考卷。

兩人都有些愣住。付雪梨張了張嘴，半晌不知道該說什麼。眼睜睜看著他從自己身邊走過，嘴巴張了張又閉上。

「那天的事……對不起啊，我喝完酒就有點不受控制。」付雪梨鬼使神差地拉住許星純，小聲道，「我不是故意要占你便宜的。」

見他不回答，她忍了忍。

許星純握住她的手腕移開，對上她的眼睛：「妳為什麼總是反覆無常？」

「我怎麼了……」付雪梨有些心虛。

不就是……躲著他，大半個月沒上學嗎……

許星純頭也不回地走了。

到底還是有些小女生的矜持，她沒追上去。

一個上午，付雪梨都趴在桌上無精打采的。第三節課下課，一個勁爆的消息突然傳開，說是下個星期學校要開始校園實踐活動，以班級為單位，班導師帶隊，定的地方是南京，要去七天七夜。

這下班上都嗨翻天了。符藍也很興奮，拉著付雪梨一直講講講。

「有什麼稀奇的。」付雪梨懶懶地抬眼，「對了，許星純怎麼不在教室？」

符藍想了想，說：「聽說市裡的電視臺派了人來，可能被叫去拍東西了吧……」

「許星純？」

「班長形象這麼好，除了他還有誰？」

也是巧了，剛說完，走廊上就吵吵鬧鬧的。

符藍瞬間從座位上站起來，拉著她看：「哇，那個是班長嗎？太帥了吧——」

付雪梨也不禁側目。

這話也不是符藍亂說的。

教室門口有兩個扛著攝影機的大哥，與高采烈地指揮拍攝場地。後面大概站著三四個男生，都穿著白襯衫黑西裝。但許星純個子高，格外顯眼，他低頭，在整理袖口上的釦子。

真是……瘦削帥氣，乾淨如玉。

不過看到他就想到早上的事，付雪梨有點心煩，硬生生地轉開視線。

許星純現在動不動就忽視她，好像她有多煩人一樣。明明對別人都能和顏悅色，但是一對上自己就冷著臉。

因為反差太大，所以很難釋懷。

記得他們剛在一起的時候，是國二那年的冬天。早上去學校天都沒亮，又下雪，付雪梨穿著棉襖戴個帽子，低頭慢悠悠地走，走到她家小巷子旁邊的路口，發現許星純在那裡等。

他站在光禿禿的樹枝下。那時候也沒有手機聯繫，也不知道他什麼時候在那裡，等了多久。

兩個人都有點尷尬，許星純本來就是個內向安靜的人，也不愛講話。等她走近後，直接從衣服裡拿出牛奶和麵包給付雪梨，牛奶還是溫熱的。

那個時候她還小，也不知道感動，反正她享受慣了別人對她的好。

開心了就撒嬌，不開心就隨便擺臉色給許星純看，對他劈頭蓋臉一頓罵，反正他連一句怨言也不會有。還有很多很多……但那都是過去，許星純現在不可能那麼寵她了。

付雪梨本來以為自己不在乎這些，可現在想起來，卻覺得意難平。

13

「雪梨，妳還會畫畫啊？」

付雪梨臉色一變，手下意識往紙上一擋。

符藍見此，若有所思：「妳別擋了，我都看半天了，妳畫的是班長吧？」

本來只是試探性問一句，付雪梨卻一把捂住她的嘴，左看右看，壓低聲音急道：「妳給我小聲一點。」

幸好是下課時間，教室嘈雜，旁邊的人聽不見她們說話。

符藍經過允許後，拿起付雪梨畫畫的那張草稿紙，反反覆覆看了好幾遍，等看過癮了才還回去。

如果不是草稿紙上明晃晃的一個「許」字，她還真沒反應過來。

「真的是班長啊……」符藍依舊有點無法接受，「妳……妳居然暗戀班長？」

「當然沒有！」付雪梨本來就不開心，聽了這句話更不悅了。

「那妳……」符藍遲疑著，指一指她，又指一指那張畫。

付雪梨：「……」早知道就抵死不認了。

「妳和我說說嘛，好不好？求求妳了，妳是不是喜歡班長？」符藍非常激動，期待地雙手合十。

等了一會兒，不見付雪梨出聲，符藍忍不住搖搖她。

這時物理老師走進教室，讓大家把昨天出的作業和考卷都拿出來。

班上一陣翻找，老師明顯心情不錯，趁著這段時間聊了一下考試情況，又指了指一組的空位問：「許星純人呢？」

有人答：「電視臺拍照。」

物理老師想起這回事了，往講臺下走，對許星純同桌說：「剛好，我沒帶考卷，你找一下許星純的，拿出來讓我講解。」

拿過許星純的考卷看了一遍，物理老師又唏噓了一番，感嘆道：「我教了十幾年書，像許星純這麼聰明優秀、考試穩定發揮水準的學生還是很少見啊。」

大家反應特別冷淡，這種話早就聽慣了。

反正班長隔三差五就要被表揚一回，彷彿許星純是每個科任老師在九班教書的精神支柱。

「你們——你們兩個，上課不准講話。」老師指著符藍。

被當場點名，符藍立即挪回原位，坐姿端正。耳邊聒噪八卦的聲音終於消失，付雪梨總算鬆了口氣。

但這口氣明顯是鬆早了——她低估了符藍八卦的程度。

接下來兩天，付雪梨真的要被符藍隨時隨地的碎碎念，炮轟得腦袋快爆炸了，簡直煩不勝煩，恨不得拿塊抹布堵上她喋喋不休的嘴。

趁著下課，符藍要抄筆記，付雪梨為了躲避她的追問，獨自趴在教室門口旁邊的欄杆上吹風。

正出神，身後突然有人喊她名字。

回頭一看，夏夏站在不遠處。都快到冬天了，夏夏卻只穿著牛仔外套，頭髮束成鬆鬆的馬尾，露出飽滿光潔的額頭，笑容很溫柔，清純淡雅。

「太好了，真的是妳，雪梨。妳能幫我把這個拿給許星純嗎？」

付雪梨看著她沒說話。

夏夏解釋：「你們班老師在，我不好意思叫他出來。」

她接過那個精美的淡紫色手袋。

「謝謝啦。」

可能是最近受到符藍的影響，誰在付雪梨面前提到許星純，她就格外心煩氣躁。

她尋思著，今天是什麼日子呢？

走出兩步，猛地反應過來。

——她想起今天是什麼日子了！

進教室後，付雪梨倒也不避諱，徑直走向許星純。無視周圍的吃驚目光，把手裡的東西啪地一下放他桌上：「這個是夏夏要我給你的。」

走前，猶豫幾秒，又添了一句：「那個……生日快樂。」

等她走後，同桌終於忍不住，立即攬住許星純的肩膀，笑得很淫蕩：「許大帥哥，你很厲害啊！」

§ § §

果不其然，上課時間，付雪梨又遭到了符藍的終極逼問。

狂躁地在草稿紙上發洩一通，付雪梨把筆一摔，賭氣道：「別問了別問了，老娘沒有單戀他，我們談過戀愛，行了吧？妳不要每天像名偵探柯南一樣盯著我行不行？」

今天也不知道是怎麼了，一個兩個都要拿刀往她心上戳。

雖然早有猜測，但符藍還是一臉夢幻的表情，喃喃道：「我簡直不敢相信。」

「真的是班長，你們真的談過戀愛？」符藍又確認了一遍。

雖然有點後悔承認，但到了這個份上也唬弄不過去，付雪梨只好點頭。

「怎麼樣，我配不上他還是怎樣？」明明想結束話題，付雪梨看到她的表情又忍不住犯賤地問。

「你們……不是不是，不是配不上。我的天啊，我太懷疑人生了，完全沒看出來啊，你們什麼時候認識的？認識多久了？」

「妳家住海邊啊？管得這麼寬。」

看著符藍一臉春夢破碎的樣子，付雪梨還能說什麼！

符藍大概是回不來了，一堂課每隔三秒就要幽幽一嘆，然後萬分感慨地看付雪梨。

付雪梨被看得渾身不自在，又有點莫名其妙：「妳臉怎麼紅成這樣？」

「我在想像，和班長這種又帥又乖成績又好的男生談戀愛是什麼滋味。」

畢竟像許星純這種極品，可是每個女生在青春時期都傾慕過、聽說過，但是很難接觸到，也可能一輩子都遇不到的男生啊。

付雪梨無語，懶得搭理犯花痴的符藍。

考試剛過去一週，這天趁著下午全校大掃除，幾個人溜出學校去吃烤肉，吃到一半又來了一堆亂七八糟的人，氣氛嗨起來了就開始鬧。

席間，一個男的非要喝交杯酒，其他幾男幾女也很配合。

玩了一圈，一個男生驀地站起身，大聲嚷嚷道：「總感覺缺了一點啊，謝辭和付雪梨還沒喝呢！」

「老子等等開車，喝個毛。」謝辭轉著手裡的杯子，看那個男生。

把人看得立刻偃旗息鼓，把火力轉向付雪梨：「那還有付雪梨，這樣吧，我跟妳喝一杯怎麼樣？」

付雪梨也不搭腔，只是問：「你是誰？我為什麼要跟你喝？」

男生喝了酒，覺得渾身上下都軟了，看著付雪梨那張漂亮的小臉有種說不出的舒坦，嬉皮笑臉地說：「是不是男朋友管得嚴啊？這麼不給面子。」

付雪梨的臉色立刻沉了下來。

「夠了夠了，別說了，enough、enough，她不跟你喝，我跟你喝！」宋一帆心裡咯噔一下，瘋狂朝那個人使眼色。

最近付雪梨一直帶著一股反人類的怨氣，脾氣壓都壓不住，宋一帆早就察覺到不對勁了。

彷彿為了印證宋一帆心中所想的，付雪梨柔柔一笑：「我為什麼要和一隻嘎嘎叫的鴨子喝酒？」

對方的臉黑了。

「……」大家都沉默了。

李傑毅打圓場，笑著說：「梨子，妳怎麼這樣開玩笑呢？人家不就是有點公鴨嗓，需要叫別人鴨子嗎？」

誰料付雪梨一點面子也不給：「誰和他開玩笑了，跟我喝交杯酒？這輩子都別想。」

這下李傑毅也閉嘴了。

不知道誰撩起這個姑奶奶的火了，今天火氣怎麼這麼大。

謝辭忍不住笑了，低頭點了一支菸。

這頓飯付雪梨是吃不下去了，她也不給誰面子，拎起包包就走人，真是夠狠的。

桌上幾個人面面相覷，有人明顯還搞不清狀況，愣愣地問：「付雪梨是不是遇到什麼煩心事了？」

§　§　§

漫無目的地瞎逛，往前走了一段路，有個流浪歌手在唱情歌。

付雪梨停下腳步，手插在口袋裡，就站在那裡聽了大概有半個小時。

時候已經不早了，天色漸漸暗下來。起了一陣風，吹得她陡然回神。隨便拿出幾十塊，丟進紙箱裡，然後轉進前面一家裝修精緻的烘焙店。

一中是採自願制，一般在學校上晚自習的只有功課好的學生。

拎著剛做好的提拉米蘇小蛋糕，付雪梨一口氣爬到九班所在的樓層。

教室裡挺空曠的。鬼鬼祟祟地看了四周，趁著沒人注意，她躡手躡腳地走進教室，彎腰，把小蛋糕塞進許星純的抽屜裡。

好像沒放好？

她蹲下來，挪開疊放整齊的書本，幫自己的小蛋糕騰位置。

一番折騰，放好後，總覺得缺了點什麼。

付雪梨想了想，撕下一張便利貼，墊在椅子上畫了一個Q版的許星純，然後在旁邊寫上：

『來自一個不知名大美女的生日祝福』

整個過程她全神貫注。

把便利貼黏在盒子上，付雪梨又心猿意馬一分鐘，欣賞了一番自己的傑作。

把小蛋糕放回原處，她拍拍手，起身準備走。下一秒，腳步硬生生頓住。

付雪梨被嚇了個當場石化。

——許星純默不作聲地看著她，不知道站了多久。

14

許星純沉默幾秒，微微一皺眉，看了一眼他的位置。

付雪梨一瞬間幾乎要天旋地轉地當場昏厥，走也不是，不走也不是，心想乾脆來一道雷，劈死姑奶奶我吧。真是天要我死，我不得不死。

你說這件事，它就是很詭異，就是很尷尬。

就算不合適當面送許星純生日蛋糕，但也比像個變態一樣，鬼鬼祟祟地蹲在別人的座位上搗鼓半天，然後一轉身被人家當場抓住來得好啊！她付雪梨的腦子是長在屁股上了嗎？！

但——越是尷尬，自己越要顯得很坦然。

於是付雪梨迅速冷靜下來，先發制人：「你為什麼不出聲？偷看別人很好玩嗎？」

Nice！厚著臉皮倒打一耙果真有效，他果然對我無話可說，接下來就要告辭了。

付雪梨神色冷峻，點點頭：「沒事的話，我先走了。」

沒想到——許星純拉住她的手腕。

糟了，他開始反擊了。我不能怯場，一怯場就輸了。

付雪梨勉強扯動嘴角，抬起頭，臉色哀怨：「還有事？」

「等等再走。」

「……」

她雖然不明白他留下她要幹嘛，但是無所謂，難不成許星純還能讓她比剛剛更尷尬？

付雪梨裝作遊刃有餘的樣子笑了笑。然後，她的笑容僵住了。

因為許星純用實際行動告訴付雪梨——

是的，他可以，他能讓付雪梨更尷尬。

許星純繞過她，然後把她剛才放好的東西……從抽屜裡摸索著拿出來。

——當著她的面。

她有點受不了，但只能眼睜睜看著。

看著許星純看到那張便利貼，看著他笑了一聲，撕下來，放進口袋。然後揚了揚手中的東西問：「給我的？」

不然呢？不給你，它為什麼會出現在你抽屜裡？

明知故問，真是欠扁。

付雪梨的表情扭曲，有點繃不住了。

考驗她人生忍辱負重的時刻來了。她要忍住，就算一肚子氣也要忍住。

見她臉色發青，許星純收斂了一些笑意，認真說道：「謝謝。」頓了頓，他摸了摸鼻梁，欲言又止，「妳現在是有姓名的大美女了。」

原來許星純也會開玩笑……雖然這個玩笑一點也不好笑。

他把蛋糕的包裝盒放在桌上，然後拆開，笑著問了一句：「我要怎麼吃？」

付雪梨站在那裡，想著自己不會更糗了。我的老天鵝啊，她是有多蠢才會給別人蛋糕，還忘記送叉子？

她從包包裡翻出小湯匙，遞過去，小聲地說：「這不是被你嚇到忘記了嗎。」

付雪梨以為許星純會笑，會趁機奚落她，但他什麼都沒說。

他坐在自己位置上吃她送的蛋糕，吃得很認真，也吃得很慢，一口接一口。

「妳看我幹什麼？」許星純偏頭問。

「你是國家主席嗎？還不准別人看你了。」

「……」

付雪梨坐在隔著一個走道的位置上。光是看他吃都膩得發慌，站起來拿起水杯，去教室後面幫他倒了點水，放在桌上。

他看了一眼，端起來喝了一口。

這時，教室裡有幾個住宿生說說笑笑地走進來，看到許星純和付雪梨，笑鬧聲瞬間減弱一半。

付雪梨覺得越來越尷尬。

倒不是別的，就是四面八方有意無意偷窺的眼神讓她渾身不自在。

「怎麼了？」許星純問她，不過沒等她回答，他又說，「妳等等。」

大概只用了幾分鐘，許星純收拾完課桌，帶上沒吃完的蛋糕：「走吧。」

可付雪梨不想這麼早回去。家裡沒人，就她一個，太無聊。

在路上想了想，還是把手機拿出來翻了翻，然後傳了封訊息給宋一帆。

「你晚上不用讀書？」傳完，付雪梨朝旁邊的人看了一眼。

許星純：「我家裡有參考書。」

「喔……」

原來學霸也不是天生的。

她心裡平衡了。

路邊有人放煙火，他們停下來。

付雪梨蹲在花壇沿上看了一會兒，視線移到許星純的腿上，目光在膝蓋小腿之間來回移動。

許星純的腿真長，還很直，要是能摸一摸就好了。

付雪梨覺得自己挺猥瑣的，趕緊打消了這個下流的念頭。

看了一會兒煙火，感覺胃有點不舒服，一抽一抽的。

「我晚上沒吃多少，我現在想吃宵夜。」她站起來，指了指馬路對面的煎餅攤，「你等等，我去買一個。」

路口的綠燈只剩下幾秒，她剛準備快步從許星純身邊跑過，被他拉了一下：「小心。」

付雪梨在他看不見的地方，小小地翻了一下白眼。

附近沒地方坐，她只能邊走邊吃。大概半個煎餅下肚，就有點飽了。因為有點冷，付雪梨連打了幾個噴嚏，不得已披上了許星純的校服。

旁邊有摩托車轟隆隆駛過的聲音，她突然覺得這是個談心的好時候。

於是她冷不丁地說：「許星純，你還沒回答我，為什麼上次英語是零分？」

「不想寫。」許星純嘆了口氣。

「為什麼不想寫？」她目不轉睛地盯著他，一點都不委婉，一定要打破砂鍋問到底。

「因為我寫不下去。」

不知道是不是夜晚的錯覺，她居然聽出一點溫柔的感覺。

付雪梨很直接，剛想問是不是因為我，就好巧不巧地遇到幾個熟人。

準確來說，他們是付城麟的朋友，更巧的是，裡面還有夏夏。他們準備去喝酒跳舞。

一個人問：「付雪梨，妳旁邊的帥哥是誰？好眼熟。」

「我朋友。」夏夏瞇著眼笑了笑說，她對他們在一起似乎一點也不好奇，又問，「許星純，要一起去玩嗎？」

旁邊的男生也跟著邀請：「走唄，一起玩。」

付雪梨沒這個心思，搖了搖頭。

看他們上計程車走後，付雪梨回想起夏夏看她的眼神，她不知道有什麼情緒在裡面，反正她被看得很不舒服。琢磨了一下，還是問：「夏夏是不是喜歡你？」

「是。」

他這麼坦誠，付雪梨反而不知道該說什麼了。她支支吾吾問：「你、會拒絕她嗎？」

「這和妳有關係嗎？」

他的聲音很平淡，她卻聽得難受：「有人說她長得很像我，雖然只有一點。」

許星純沉默片刻。

「你為什麼對我忽冷忽熱？」她問，「你之前都好好的，現在我跟你說話，你愛理不理，是不是因為夏夏？」

「付雪梨，是妳一直在躲我。」

她反駁不了。

他想了一會兒，問：「那妳呢，妳喜歡我嗎？」

以前覺得許星純脾氣好，軟綿綿的誰都能拿捏，現在才發現簡直是大錯特錯。

這下子，付雪梨被問得啞口無言。她愣了半晌，感到前所未有的壓力，心裡翻江倒海。

於是，兩人都沒了聲。他把她送到家門前的那個十字路口。

臨走前，付雪梨咬咬牙，不敢抬頭正視他：「對不起，我知道是我欠你的，但我只是不想搞砸第二次。」

許星純注視著她，聲音很平靜：「我的問題，不需要妳現在回答，但我還是要跟妳說清楚一點。」

付雪梨凝神聽著，突然感覺到下巴被捏住，一雙溫熱又軟軟濕濕的嘴唇貼上來。

她睜大眼，掙扎著往後退了兩步。

許星純放開她。

「我以前對妳的喜歡，就像這個吻一樣，不需要妳任何回應。可是那是以前，我現在應該沒辦法做到。」

他很有耐心，也很有忍耐力。明知道要一步一步慢慢來，但看著她逃避、拒絕，他卻越意識到，自己的欲望就像不見底的溝壑，實在是太深，無法填滿也不會獲得滿足。

所以他回不到以前。

也不可能回到以前。

15

那晚回去後，付雪梨忍不住反省自己。從各方面，任何細微之處都好好想了一遍。

遇到想不通的，就半夜起來在房間來回地走，用力踢桌子、抓牆，大半夜的搞得叮鈴匡啷。她的房間和付城麟離得很近，到最後付城麟被吵得不耐煩，大吼一聲。

我靠！付雪梨妳又發什麼羊癲瘋？

過了一會兒，終於消停了。

付雪梨仰躺在床上，憂慮地望著天花板。

其實她也不知道自己是什麼毛病，平時性格還挺正常，挺講道理的，但是一對上許星純就嬌氣得不得了，想怎麼發脾氣就怎麼發脾氣。

反正付雪梨就是典型的仗著誰對她好就欺負誰，剛好許星純又任她捏扁揉圓，所以久而久之她也覺得理所當然。

但她肯定是喜歡許星純的，就是比他少一點。

就算沒有多喜歡，但是她從小自私又公主病，只要認為是屬於自己的東西，被別人碰一下、摸一下，她就覺得吃了大虧，所以才會那麼介意夏夏。

她也知道自己這種行為會給別人錯覺，誤會她有多在意似的，可又控制不住。

唉……實在拿不定主意要怎麼面對許星純。

付雪梨決定能拖一天是一天，在心裡樂觀地想，許星純也沒有逼迫她就在這兩天把什麼事都想得明明白白的。

反正現在沒想通，說不定，多想幾天就能想通了呢？

§ § §

下週全校要大規模組織去南京的實踐活動，班上的讀書氣氛明顯鬆懈不少，每個人臉上都洋溢著輕鬆愉悅的笑。

月考過後，班上例行調整一輪位置。

付雪梨上完廁所回教室，看到符藍在收拾東西。她問：「怎麼了，妳要回家？」

「不是不是！妳也快收拾東西，我們換座位了！」

「坐哪裡？」她莫名其妙，「剛剛不是已經換好了嗎？」

符藍抬起頭，被喜悅沖昏了頭腦，臉都要笑爛了：「老師又調整了幾個人，我們去班長前面坐。」

？？？！！！

「去哪裡，妳再說一遍？」

前桌轉過身來，一臉羨慕地看著她們說：「利用地理優勢好好學習，妳們被學霸包圍了。」

「……」付雪梨當頭一棒，沉默了好一陣子。

真是絕了，她是最近觸什麼霉頭，得罪老天爺了嗎？

還沒到上課時間，班上風平浪靜。許星純拿著筆記本翻看，旁邊有幾個人小聲說話、討論題目。

他低低咳了幾聲，像是感冒了。

最近學到解析幾何，齊清他們討論一道重點題型，不過討論半天還是解不出來，就把題目給許星純看。許星純的心算快，許多公式直接在腦中推導，然後在草稿紙上隨便寫寫，很快就算出答案。

齊清認真地看著許星純寫題目，正佩服到不行，耳邊突然飄來小小的抱怨聲——

「靠，這裡地方怎麼這麼小？要擠死了……」

齊清：「……」

「這個板凳坐得也不舒服，我得逛逛淘寶，買個新的椅墊。」

齊清：「……」

一陣嘰哩咕嚕後：「對了，還有專門旅行用的一次性被套裝，我有潔癖，飯店床單太髒了，符藍妳要嗎？」

齊清驚呆了，怎麼有這麼挑剔的女生，於是視線忍不住往後瞟。

原來是付雪梨啊……

齊清忍不住心想，雖然平時沒接觸過，但是也聽過不少她的事。真是很漂亮的女生，穿著羊羔絨外套，臉白白的、小小的，但是很不好惹……

「聽懂了嗎？」

聽到聲音，齊清慌慌張張地收回視線。

許星純疲倦地撐著頭看他。

齊清愣愣地：「對不起啊……班長，我剛剛……」

沒等他說完，許星純握起拳，擋在唇邊，側頭咳了起來，咳得周圍的空氣都在震顫。

咳完後，他瞥了齊清一眼，拿起筆：「我再跟你說一遍，這次不要恍神了。」

「喔、喔……好的。」齊清撓撓頭，真尷尬。

接下來幾天，付雪梨很鬱悶，第一次感受到坐在學霸圈是什麼滋味。

身邊的人動不動就會起來回答問題，她無法好好睡覺了不說，老師在上課間隙也喜歡往這裡跑，親切地詢問剛剛講的聽懂沒，今天學的內容難不難，連付雪梨這種人都連帶沾光被問了好幾次。

這節課是歷史課，沒什麼人聽，基本上都在寫考卷和作業。

符藍撐著手肘，捧臉看同桌。

「妳不要用這種花痴的表情看著我。」付雪梨正低頭玩手機，被她盯得渾身要起雞皮疙瘩。

符藍湊近臉去，壓低嗓子說：「沒辦法。」

「什麼沒辦法？」

「我要成為班長迷妹了。」符藍雙眼發亮。

「為什麼？」

「我覺得他好厲害喔，脾氣好，聲音也好聽。我問他什麼，他永遠都很有耐心地告訴我，和其他吵吵鬧鬧的男生一點都不一樣。」符藍臉色薄紅，完全忘記了自己還有男朋友，一副完全拜倒在許星純西裝褲下的模樣。

「所以呢？跟我有什麼關係，妳崇拜妳就盯著他啊，看我幹嘛？」

「所以啊，我知道妳和班長談過戀愛後，我就控制不住自己想看妳！」

「妳給我小聲點！」付雪梨懷疑地看了她兩眼，「莫名其妙，符藍妳是不是腦子有問題？」

符藍一哽，氣鼓鼓地瞪了她兩眼：「妳好幸運啊，難道妳不覺得和班長這種人談戀愛特別有虛榮感嗎？」

付雪梨心想，可不是嗎？

「有這麼厲害的男朋友，作夢都會樂醒吧。況且班長還是學校的大紅人咧。」

付雪梨呵呵一笑，問：「我不紅？誰不認識我？」

「……」符藍眼角抖了抖，嘆了一口氣，「好吧。」安靜了一會兒，她又無不感慨地嘀咕：「怎麼會分手呢……難道是……班長把妳甩了？」

放屁！付雪梨這輩子都不會這麼丟臉，她被符藍嚷嚷得心煩意亂。

現在不想在淘寶上買被單了，她想買把鏟子，挖個坑把符藍埋了。

§ § §

剛剛被符藍拉著說了半節課的悄悄話，其實付雪梨心裡也很翻江倒海。上數學課的時候，趴在桌上不甘心地偷偷看著許星純。

老師講完一個知識，正在找學生上黑板寫書上習題的計算過程。底下一片安靜，大多數人都低頭，假裝看題目寫作業思考。數學老師朝付雪梨的方向看了一眼，不知道怎麼，鬼使神差地和她來了個對視。

他手一指：「那就付雪梨，妳上來做做看。」

付雪梨一口老血哽在心頭。

老師一次抽了五六個人。位置不夠，就兩人交錯著上下寫。

許星純也上來了。他的個子高，站在付雪梨身後，將她整個人包起來，在她頭頂專注地奮筆疾書。

付雪梨站在那裡像個傻子一樣，瞪著眼前那道題。看了半天，沒看出來是什麼玩意兒，她準備丟粉筆下去。還沒轉身，一道聲音在耳邊響起，「把第一行的二、三兩個等式併在一起。」

周圍洋洋灑灑都是粉筆灰。許星純側頭，忍不住咳了兩聲，低眼看她。

付雪梨愣了愣。

見她不動，他停頓一會兒，又慢慢地，低聲重複了兩次。

16

符藍在付雪梨耳旁叨叨，她聽得心不在焉，還在回想剛剛許星純教她寫題目的樣子。

想著想著，心裡居然有點痠軟無力。

和許星純分手後，除去她喝醉的那天，她已經太久沒有看到他對自己展現過別的情緒，實在是彌足珍貴。

真懷念國中時單純的許星純啊……

特別好欺負，傻傻的，只要對他好一點，就能清楚看到他眼裡隱藏不住的貪戀和熱烈。

那時候，許星純對她長時間卑微地痴迷，讓她從一開始的無所適從到後來的作威作福。付雪梨一直到現在都有些適應不良的後遺症——總覺得他應該無條件對自己好。

現在他一點點不經意的溫柔，都能讓她回想這麼久。

付雪梨無聲哀嘆，原來她是一個事後才懂得珍惜的人，真沒用。

付雪梨亂七八糟地想著，符藍非常認真地問：「剛剛……班長在講臺上教妳寫題目吧？」

她有點尷尬，沒有抬頭，就嗯了一聲：「妳怎麼知道？」

「天啊，太明顯了，你們在上面磨磨蹭蹭那麼久，鬼都看出來了好嗎！」

老師靠在講臺上，開始對黑板解剛剛做的題目，講到付雪梨的題目時，頓了一下：「這是誰寫的？」

付雪梨凝神一看，是自己的，於是舉手。

老師呵呵一笑，話頭一轉，居然讓許星純站起來，半開玩笑半認真道：「班長，你看一下，她做的有沒有問題。」

全班目光都注視著許星純。大家心裡都了然，怎麼會不懂老師是什麼意思。

只有許星純神色不變，依舊內斂沉靜。

付雪梨正有點尷尬。過了一會兒，聽到後面的人不溫不火地回答：「沒問題。」

符藍趁著老師不注意，撞了付雪梨一下，眼裡全是促狹的笑意。

老師一本正經，點點頭，讓許星純坐下。轉而對付雪梨莞爾道：「妳平時下課，其實也可以找許星純多問問題。」

付雪梨：「……」

老師頓了頓又補充道：「以後課堂上就不要了啊，要給自己多留一點思考的空間。」

這番話說得別有深意，全班哄然大笑，老師也跟著笑，付雪梨真想捂住臉。

沒什麼，就是尷尬。

§ § §

「你們下週一就要去南京了？唉，真羨慕。」

「羨慕什麼？」

「大型交友活動，能不羨慕嗎？」

「那你就羨慕吧。」

和付城麟正說著，一轉頭，看到齊阿姨和司機站在外面。

他們手裡提著大袋小袋，正準備上車。今天週五放假，大家都陪她來商場，買下週出遠門要用的東西。

晚上六七點正是下班的高峰期，路上正塞，車子走走停停。

司機看了一眼後照鏡，笑著問：「雪梨，還有什麼需要買的嗎？沒有的話，我要去接妳叔叔了，他今天和市長他們有個飯局。」

付雪梨無聊地拆著巧克力的包裝袋，丟一塊扔進口裡，搖搖頭：「去吧。」

前面是個兩分鐘的紅燈，他們已經在這個路段塞了很久。

付城麟的手機響了，他接起來把手機壓在耳邊說著，突然聽到旁邊的人遲疑地說：「我怎麼……好像看到許星純了？」

紛紛亂亂的街道旁，夜色已經降臨，有兩個人站在樹邊。

來來往往不少人，都往他們這邊看。女人的神情頗為激動，遠遠看去像在指責什麼。眾目睽睽下，女人甩了他一巴掌，許星純沒躲。又狠又準，那巴掌硬生生搧在他臉上。但許星純一動不動，臉色都沒變，依舊平靜，似乎對一切都渾然不覺。

他本來就是意志極為堅定的人，在外面在學校都是完美的優等生。這種情況下，冷靜得完全不像是這個年紀該有的成熟。

遠遠看到對街的那一幕，付雪梨先怒了，把手裡的東西摔在地上，滿腦子都是——敢打我的人，妳完了！

那一巴掌和許星純的沉默，看在她眼裡真的好痛。

正急著要開門下車，付城麟拉住她：「妳傻啊，人家明顯是私事，妳現在過去，許星純只會更尷尬。」

「不行，我就要去！你別攔著我。」

付城麟掛了朋友的電話，趕緊拉住她：「講道理，妳等人家解決完再去。」

「講道理，我是應該等他們解決完我再去。」付雪梨冷笑，「但是，我不講道理。」

「……」付城麟無語，只能對前面說：「老秦，把車門鎖上。」他還是那句話：「妳給我好好待在這裡，哪裡都別去。」

十分鐘後，便利店。

許星純把礦泉水放在收銀臺上，手指輕敲旁邊的玻璃櫃，指著裡面的一包菸。

他穿著藍色衝鋒衣，有些散亂的瀏海顯得膚色更加白皙，引得收銀小妹多看了兩眼。

正要付錢的時候，後面有人低聲說：「喂，你不要買菸。」

許星純回頭看。

是付雪梨。

她近距離看到他的臉，半邊臉微紅，半邊臉卻蒼白不見血色，心瞬間提到了喉頭。

「好巧啊，我剛好路過，你也在這裡買東西？」付雪梨這樣解釋。

「……」

反正這時候店裡沒人，收銀員開始看手機，沒催促兩人。她心想，要不是違反店裡規矩，她還滿想拿手機拍下來的。

這兩人太養眼了，拍下來的照片估計可以拿去微博搞笑排行榜的少男少女話題下搶熱門。

許星純拿起礦泉水，平靜地把手裡的菸放下，然後付錢。

臨市夜色繚亂，他們在滾滾車流中穿梭，付雪梨什麼也沒問，在路上買了一杯關東煮。兩人一路無言，走路都保持著適當的距離。

付雪梨吃完關東煮突然覺得餓了，想找地方吃飯。拉著許星純隨便找一家店坐下，又簡單地點了幾個菜。

這個小飯館很熱鬧。付雪梨有一下沒一下地撥弄剛拆好的竹筷，卻突然沒了食欲。

「剛剛……」

剛起了個頭，就聽到許星純淡淡地說：「那是我媽媽。」

「喔……這樣啊，我也是剛好碰見你……」說著，付雪梨還乾笑兩聲，生怕別人看不出來自己有多心虛。

「你的臉還疼嗎？」

「不疼了。」

菜很快就上桌。她慢吞吞地吃了一會兒就飽了，然後盯著許星純看。

他很快就察覺到，偏頭回看她。付雪梨換了個姿勢，繼續看他。

許星純吃飯的動作慢慢停下了，反正付雪梨就這麼看著他。

「有事嗎？」他放下筷子。

聽到這句話，付雪梨立刻本性暴露，心裡的話憋了一晚實在憋不住，暴躁地教訓道：「當然有事！事情大了！你下次能不能不要這麼傻，別人打你，你就跑啊！乖乖站在那裡給別人打，你是豬嗎？活該被人揍！」

「那是我媽媽。」他似乎愣了一下，然後重複了一遍。

「媽媽怎麼了？」她冷哼一聲，輕描淡寫道：「我叔叔想揍我的時候，我還不是拔腿就跑，等他氣消了，我再回來乖乖認個錯，這叫識時務者為俊傑。」

「……」許星純一聲不吭，倒真像個犯了錯被教訓的小孩子。

「愣著幹嘛，說話啊！」付雪梨在桌下踢了他一腳。

許星純垂下眼睛：「妳知道……我不擅長跟妳講道理，我也講不贏妳。」

付雪梨嫌棄地擺手：「好了，那你就少說兩句吧。」

「……」

安靜兩三秒後，付雪梨沒繃住，眉開眼笑。心裡美滋滋地想——原來許星純還是那麼呆，那麼好欺負！

她笑的時候，眼裡亮晶晶的。他神色無奈，就這樣看著付雪梨。

笑著笑著，她就停了。

好吧，雖然不想承認，但付雪梨真的很喜歡看許星純看她的神情。

被他用這樣包容、遷就又滿是溫柔的眼神注視過的人，可能一輩子也忘不了吧。

17

吃完飯後，兩人在路口等紅綠燈，付城麟的一通電話打來。

付雪梨停在原地接電話，身邊都是嘈雜的車流聲，她不得不捂住另一隻耳朵才能聽清楚。

『妳幾點回家？』那邊問。

她看了看許星純的手錶：「不是還早嗎？」

『爸還有半個小時到家，妳自己看著辦吧，如果他發現妳又出去野，妳知道後果吧？』

付雪梨的語氣有點急：「可是我和朋友在一起，我又沒幹嘛，而且今天週五耶。」

『行了，我要打遊戲了，古德拜。』

「噯，你……」

靠。付雪梨看著掛斷的電話，嘴裡念念有詞地咒罵付城麟。

氣鼓鼓收起手機，她嘆了口氣，抬頭向許星純告別：「我要回家了。」

許星純朝她後面的路邊抬了抬下巴：「我幫妳攔了車，路上小心。」

「喔……」

走了兩步，付雪梨忍不住回頭。

路邊的燈光不是太亮，他依然站在原地，等她上車。

看她走出幾步後突然停下來，許星純問：「什麼事？」

付雪梨遲疑了一下，然後揚揚手：「下週見。」

§ § §

週末兩天轉眼就過了。

週一上午開完動員大會，學校包的大巴下午一點到，全體集合後清點好人數，直接出發了。

因為不在學校，大家穿的都隨意得多，三五成群在一起，倒是有了點生氣勃勃的感覺。

付雪梨的鴨舌帽、墨鏡一戴，擋住白白淨淨的大半張臉，頭髮隨意地披在肩上，壓根不像去學習實踐，倒像是來秋遊的。

她一上去就選了大巴後面比較寬敞的位置。

這次學校包的大巴是三十七人座，一個班坐兩輛太浪費，於是學校讓兩個班併車。

許星純是班長，班主任讓他坐在前面幾排，方便管紀律。

坐在他後面的女生，可能是其他班的，一直竊竊私語，壓抑著激動的聲音和旁邊的人交流。

旁邊的人也沒閒著，一個粗獷的男聲帶點興奮：「你小子很行嘛，剛上來就和九班美女搭上話了，你們說什麼了……」

對話隱隱約約。

頓了頓，有人笑了一聲說：「我送了她一個鑰匙圈，我託我哥從日本帶回來的，小東西，女孩子都喜歡……」

「嘖嘖……付雪梨可不是一般的女孩子，聽說很難追的……但是我剛剛近距離看了一下，長得是很漂亮。」

「廢話……」

許星純似乎有些不舒服，臉色發白，靠在椅背上閉目養神。剛好有道光影分界線從他臉上劃過，鼻梁很挺，微微闔著眼，睫毛清晰，很漂亮。

過了一會兒，許星純睜開眼，和偷窺自己的人對視。

那人立刻慌亂地收回目光。

他眼珠的顏色淺，所以睜開眼時，雖然沒什麼表情，但眉目十分柔和，沒了周身拒人千里的冷峻氣質。

坐在許星純身邊的女生趁機和他搭話：「嘿，你是九班的嗎？」

那個女生化了點淡妝，眼睛很亮，好奇滿滿地盯著他看。

他咳嗽兩聲，點頭：「是。」

「我叫鄭玲玲，四班的。」

「你好，許星純。」許星純朝她點點頭。

他剛剛醒轉，眼底還有點血絲。因為感冒，所以聲音很啞。

女生聽到這個名字愣了一秒，眨眨眼睛，將身子側過來：「啊，原來你就是許星純！」

這時大巴已經開出市區，準備上高速公路。班導師走到他們身邊，彎腰把一個表格遞給許星純，低聲囑咐：「班長，你把車上我們班的同學統計一下，交給我。」

看許星純拿了支筆起身離開，女生稍顯失落，默默拿出手機開始玩。

「妳沒事吧？」符藍剛和男朋友聊完天，放下手機，就看到付雪梨臉色不對。

付雪梨皺著臉，咬著唇，緩了一會兒反胃的感覺。

「妳怎麼了?」

她擺擺手:「有點暈車。」話說完沒兩分鐘,就扯過塑膠袋乾嘔起來。

符藍看得心驚肉跳,連忙抽了濕紙巾遞過去。

付雪梨把濕紙巾抓在手裡,用力呼吸,但根本沒用,沒過多久又想吐。手裡的塑膠袋已經吐過一輪,聞到一股酸味,她越發噁心了。

眼看著不是辦法,符藍剛想起身去問問其他人有沒有暈車藥,一抬頭,就看到許星純走過來。他皺眉問:「她怎麼了?」

「有點暈車。」

許星純走到她旁邊,低聲喊:「付雪梨?」

付雪梨和他對視一眼就撇開。難受死了,沒空搭理他。

「如果不舒服去前面坐,我幫妳找藥。」

「不、去。」艱難地回了兩個字,手腕就被抓住。不知道什麼時候,許星純已經蹲下來,定定看著她:「去前面坐,好嗎?」

「不好,我懶得動,我一動就想吐,你快點走,不要在這裡煩我了。」都這時候了,她還有氣無力地發脾氣。

「付雪梨……聽話。」

「不去!你滾開,別在我這裡……」

純。

雖然他壓低了聲音，但符藍還是清楚地聽到了。她表情呆呆地，以為自己聽錯了，看向許星

他的語氣是很溫柔，表情很專注，卻是符藍從沒見過的，不容置喙的強勢。

實在是……

幸好後面的人睡覺的睡覺，玩手機的玩手機，沒人注意這裡。

這兩人簡直了……符藍一時之間，眼睛都不知道往哪裡放。

雖然許星純和付雪梨平時在班上看起來沒有太親密，但憑著女人神奇的第六感，她早就感覺到有點不對勁。

一點點回想，才把許多平常漏掉的細節串聯起來。

之前符藍欲言又止，沒告訴馬萱蕊的就是——

她曾經在午休的時候，撞見許星純坐在付雪梨的座位上。

在符藍眼裡，許星純應該是那種很有原則和底線的人。但是自從開學和付雪梨當同桌後，她才發現每次付雪梨在許星純眼前胡鬧，他總是用隱忍、退讓甚至是溫柔來對待。

而且非常自然，就好像是……許星純對她的忍讓與遷就，早就是深入骨髓的習慣。

太不尋常了。

追許星純的女生，什麼樣的沒有？到頭來，居然被一個長得很美，但是沒心沒肺的嬌氣小姐給收服了。雖然沒有說付雪梨不好的意思，但是符藍心裡還是覺得有點可惜，畢竟是這麼好的男

生啊……

幾個小時後，終於抵達目的地，大家下車呼吸新鮮空氣。

付雪梨有點小潔癖，下車第一件事就是去飯店洗個澡。說是飯店，其實是個高級一點的招待所。四人住一間，上下鋪，房間滿寬敞的。

除了符藍，還有班上另外兩個女生一起住。

女生住在二樓，男生住在三樓。初到陌生的地方，少男少女荷爾蒙分泌，大家多多少少都有點躁動。

付雪梨洗完澡換了一身衣服，和符藍下樓，剛好看到班上幾個男生和許星純朝大廳走，應該是要去外面吃飯。

正想出聲喊他們，下一秒付雪梨就把她嘴巴一捂：「噓噓噓。」

「幹嘛？」

付雪梨有點尷尬：「我們自己去就好了，剛剛好丟臉，我現在不想看到許星純。」

符藍不高興地噘嘴：「好吧。」

但奈何那群男生裡有眼尖的，恰好看到了她們。

晚上吃飯的飯店離這裡大概有兩條街，是學校統一訂的。後面幾天，中午的伙食學校負責，晚餐自費。宋一帆在手機裡找付雪梨，問她到哪裡了。

她隨手回：在路上，急什麼。

宋一帆：快點啊，位置都幫妳占好了。

付雪梨：……神經。

宋一帆：我已經用手機查好了附近的酒吧，嘿嘿……

去飯店的路上，陸陸續續都是一中的學生。

付雪梨收好手機，發現自己落後他們一大截，連符藍的身影都找不到了。

她轉過頭，正打算問問身邊的人吃飯的地方在哪裡，就這麼不偏不倚地撞上許星純的目光。

付雪梨趕緊跑過去：「太好了，你在這裡啊。」

突然想到什麼，她表情一變，默默地閉嘴，看向他處。

晚上六點，十二月的天已經完全黑了。

付雪梨的聲音很低，看著腳尖，狀似不經意地跟身邊的人解釋道：「我剛剛在車上不是故意的，但是我暈車，你還湊那麼近，不覺得臭臭的嗎？」

她說著就忍不住抬頭看許星純，卻被他的目光刺了一下。

付雪梨疑惑地皺眉：「你幹嘛？」

沉默了一會兒，他忽然問了一句讓她摸不著頭腦的話。

許星純問：「妳有鑰匙圈嗎？」

雖然莫名其妙，但她還是點頭：「有啊，怎麼了？」

「能讓我看看嗎？」

他盯著她，目光深沉，眼底似乎藏著事，有點讓人看不懂。

「……喔。」

付雪梨低頭，翻開包包找了一會兒，把鑲了鑽的 Hello Kitty 鑰匙圈找出來遞給他。

許星純接過後，放在手裡把玩了一會兒，目光從她臉上掠過。

「這是妳的？」

付雪梨聞言，漫不經心回答：「不是，今天中午別人送……」

下一秒，她睜大眼睛，要說的話就斷了。

因為她看見，許星純一臉平靜，隨手把鑰匙圈扔了——扔進了垃圾桶。

18

付雪梨傻眼了，不可置信地看著他。

丟完鑰匙圈，許星純和她默然相視了半分鐘。

只是他表情看起來實在太理所當然，太風輕雲淡，以至於她甚至懷疑剛剛是不是自己眼花了，才產生了錯覺。

等到他抬腳繼續往前走，付雪梨才像作了場夢一樣回過神來。

她快步跟上去，憋了很久，實在憋不住，開口問：「喂，你有病啊，丟我東西幹嘛？」

許星純的目光落在她臉上，眼底深得像是要把人吸進去：「妳很喜歡嗎？」

「倒也不是很喜歡……但是這是重點嗎？你莫名其妙丟我東西，我很不爽。」

幾秒後，許星純移開目光，不再看她：「不要隨便收其他男生的東西。」

語速極慢，帶著些許警告。聲音不太大，卻讓兩個人都聽得清清楚楚。

付雪梨沉默了一會兒，艱難反問：「什麼叫我隨便收其他男生東西？你吃醋就吃醋，為什麼說得好像我很隨便的樣子？而且你憑什麼管我，你又不是沒收過其他女生的禮物。」

「……」

她落後兩步，在後面喊：「喂喂喂，有本事你不要心虛，正面回答我的問題。」

他停下腳步，擰起眉，目光灼灼：「妳怎麼知道我收了？」

被他看得縮了縮脖子。付雪梨嘴硬，動了動嘴角：「我才懶得管你有沒有收下，但是你沒資格管我。」

「管妳又怎麼樣？」

「我……我不准你管我！」

許星純薄唇緊抿，繼續心無旁騖地走路，目視前方，似乎沒聽見付雪梨的話。

她心中更加煩躁，暗暗咬牙切齒。

許星純每次都是這樣，她根本和他吵不起來。

因為每次有什麼爭執，到最後都會變成她單方面的嘮叨，許星純一句話也不反駁。但付雪梨最討厭他什麼都不說的樣子，感覺自己遭到了無視。

後來兩人就這麼靜靜走到了飯店，誰也不理誰。因為人多嘈雜，也沒誰發現他們有什麼不對勁。

付雪梨去了宋一帆那一桌，隨便和桌上的人打了個招呼，在他身邊坐下。

她一臉狂躁，臉色不大好看，正在打撲克牌的人都看過來。

宋一帆也跟著看她：「怎麼了，誰惹妳了？」

「你別管我。」

「……」

沒一會兒，服務生端菜上桌，大家都熱熱鬧鬧地開吃。

從付雪梨這個角度，剛好能看見許星純的側影。

他坐在隔壁桌，身邊是個大眼睛的女生，笑容甜甜的，席間總要他幫忙拿這個拿那個，許星純也不生氣。

真是絕了，許星純你這個渣男，對別的女生都那麼體貼，對自己卻越來越凶了，憑什麼！

付雪梨盯著面前的一桌菜，只覺得索然無味，心情很差，非常差。

口袋裡的手機就在這時突然震動了一下。

飯桌上，大家就商量好等等去哪裡玩。他們先是按照計畫，回飯店找老師簽到，半小時後，再輕車熟路地走消防通道溜出去玩。

連鬼混的地方都找好了——剛剛吃飯的地方，旁邊人行步道上都是酒吧。

付雪梨原本不打算和他們鬼混，吃完飯想找許星純談談，誰知道剛好碰見他和其他女生在一起。

單單是回想起剛剛那一幕，她就冒火。

許星純靠在牆上，雙手插在口袋，低頭在聽旁邊的女生講著什麼。

隔得太遠，他的表情她看不見，但那個女生不就是飯桌上那個女生嗎？笑得跟中了五百萬元大獎似的。

越想越氣。

宋一帆把她的表情看在眼裡，貼過來悄聲問：「妳是不是心情不好？」

付雪梨翻了個白眼，大聲說：「我心情好得很。」

宋一帆的語氣透著無奈：「我數過，這已經是妳今天到現在翻的第五個白眼。」

「對了，」他拿出一封信，還有一盒巧克力，「這是我兄弟的朋友要我給妳的。」

「誰啊？」

「妳應該不認識。」

付雪梨起身倒酒，不知道為什麼，腦海中突然浮現出許星純的話。她靠回椅背上，煩躁道：

「我不要。」

「這麼高冷？」

「……別說廢話，陪我喝白的。」

「算了吧……妳剛剛喝不少了，還是喝柳橙汁吧。」宋一帆有些欲言又止，攔住她倒酒的動作，「我不陪，妳喝醉太恐怖了。」

「我怎麼？」

「上次——」

「好了，Stop，你別說了。」付雪梨轉頭，把酒杯放下，「我不喝了。」

這時，放在桌上的手機亮了。付雪梨看了來電顯示，冷哼一聲。

『妳在哪裡？』許星純問。

「你說啥？吵死了，我聽不見。」

那邊電話的掛斷，沒一會兒訊息就來了。

『妳在哪裡？』

『幹嘛？』

『告訴我位置。』

付雪梨沒好氣地丟開手機。鬼才管你。

大約半個小時後。

許星純出現在這個酒吧的門口，他只穿了一件單薄的毛衣，外套拿在手裡。環顧一圈，看到了坐在吧檯旁的他們。

付雪梨順著桌上人的目光看過去，一眼就看到了向她走來的許星純。

在絢爛靡靡的燈光下，他的臉孔被照得更加立體深邃，眼珠顏色很淺，皮膚很白。

他身上的氣質和這種尋歡作樂的場所格格不入，看著都讓周圍的女人忍不住蠢蠢欲動。

許星純所過之處，自動有人讓路給他。

包廂裡，付雪梨順勢靠在宋一帆肩上，眉眼已有三分醉意，表情無辜，看著許星純離自己越來越近。

「班長！你怎麼到這裡來了？」九班的一個男生詫異，隨即懷疑道，「難道老師發現了，讓你來找我們？」

「對不起，我找付雪梨有一點事。」

看許星純的表情，有點認識他的人都知道，這是他心情極其糟糕的表現。

付雪梨充耳不聞，自顧自往嘴裡丟了個草莓，卻突然被人拉起來。

手腕被用力地扣住。

「你幹什麼？」她有點惱怒，「放開我。」

下一秒，她感覺到許星純的手穿過自己的手臂，扣住腰。

旁觀的宋一帆張著嘴，目瞪口呆地看著付雪梨被強行拖走。

走出酒吧大門，耳邊的喧鬧終於稍有平息。

兩人在只有一點點燈光的長廊轉角處停下，這裡來往經過的都是喝醉的酒鬼。腳下是柔軟的地毯，踩上去沒有一點聲音。

付雪梨甩開他的桎梏。

剛剛混著喝了點酒，她臉頰飄紅，反應很慢。

許星純的眼神透著怒意，臉色越來越難看：「為什麼我說的話，妳一句都不聽？」

他最近兩年身高躥得很快，不知不覺間已經高出付雪梨一顆頭。看著她的時候，像是要把她整個人都看穿，很有壓迫感。

許星純少有地淩厲，倒是一下把付雪梨給唬住了，半個字都吐不出來。

她愣愣地沒說話。

而許星純知道自己的情緒已經在失控的邊緣，他知道自己著急的樣子很嚇人。被付雪梨看到，可能會讓她再次退縮。

可是他沒辦法立即平靜下來。他總是忍不住想，自己不管收斂得有多好，控制得有多好，表現得多自律，也不會動搖付雪梨絲毫。

就像今天，他只是忍不住逾矩丟了她的東西，就讓她再次退避三舍。

她一直都只喜歡自由，不喜歡被人束縛。

永遠都是。

不知道許星純想什麼。此時，付雪梨在腦海裡不著邊際地想：許星純的腰好像很敏感，看他這麼生氣，如果現在撓他癢會怎樣？

「妳是單純不想理我，還是我剛剛又說錯話得罪妳了？妳到底想要我怎樣？」

許星純一字一頓，似乎說得極其艱難、卑微。

「啊？」付雪梨陡然回神，對上他眼裡的痛苦，隨即又有些恍惚。

彷彿時光倒流，許星純還是那個單純的小男生——無論付雪梨做什麼、說什麼，一舉一動都能左右他的情緒和神態。

似乎是害怕聽到付雪梨的回答，他按著她的肩膀，低頭湊近她。

沒有一點防備，唇被咬住，付雪梨跌跌撞撞地往後退，背撞上牆。

一陣吃痛。她恨不得張開一口白牙，咬死面前的人。

這麼大力幹嘛？不是在吵架嗎？怎麼突然親上了……

付雪梨艱難地思考著。

兩人不知道吻了多久。直到她徹底軟下來，還在迷迷糊糊地想——

真的不敢相信，許星純這種看起來清心寡欲、絲毫不近女色的高冷學霸，親起人來居然這麼色情……

19

梧桐樹旁華燈初上。

許星純一個人坐在噴泉池對面的長椅上，等著付雪梨出來。

他傳訊息給她：我知道我做了什麼，以後不會了。

可訊息似石沉大海，一通接一通電話撥過去都是無人接聽。

路上的行人一個個走過。路邊坐了一個乾淨年輕的男孩，吸引著年輕女人的目光。

風掀起他額前的短髮，他維持著一個姿勢，一動也沒動。

許星純想讓付雪梨高興，卻不知道該怎麼做。

從一開始，就是自己千方百計接近她。一顆心虔誠地攤開在她面前，只要她高興，可以隨便從上面踩過去，所以才落得這個下場。

當許星純陷入名為愛情的泥沼，剛開始她就退縮了。抽身得那麼快，那麼迅速，讓他無措。

所以他只好一邊沉沒，一邊竭力隱藏自己的心思。

即使心裡壓抑，也要在付雪梨面前故作冷漠，給她錯覺。

不然，她又會想把他甩開了。

§　§　§

屬於十二點的夜生活，這座城市的無數男女出動，在紙醉金迷的地方消遣寂寞，醉生夢死。高亢的音樂聲，震得地板都在顫抖，ＤＪ的嘶吼也似有若無地響在耳邊。

燈光消退，許星純的吻長驅直入，攬住付雪梨的腰，把她按在牆上，強硬得不容她掙脫。這個動作和他青澀禁欲的形象一點都不符合，讓人很不適應。

到後來，付雪梨受不了了，手還掛在他脖子上，頭卻往後仰，躲著他的吻。

這個人是在親還是在咬啊？太大力了。

她不甘示弱地咬回去，他居然感覺不到疼。

付雪梨呼吸急促，腦子似乎還在發愣，紅唇微張。許星純垂著頭，直勾勾地看進她水光蕩漾的眼睛裡。

「你跟誰學的……這麼熟練？」付雪梨忍不住想起當年在放學後的空教室裡，他第一次親她，真是——

「我會對妳負責的。」這是他親完她的第一句話。一想起許星純說的時候，一本正經的樣子要多認真就有多認真，她就好想笑。

「噗！哈哈哈哈哈哈。」

他那時，不解地看著她笑。付雪梨無奈：「親一下就要負責？誰教你的？真是小屁孩。」

收回思緒，回過神。付雪梨突然發現，這裡人來人往的，服務生和保鏢進進出出，他們親了這麼久居然渾然不覺。臉頰發熱，全身燥得慌。好在是暗處，看不太出來。

她拉著許星純躲進樓梯間。

站在比他高一階的臺階上，終於能夠平視他，付雪梨覺得自己找回了一點氣勢。她虛張聲勢，目露凶光憤憤地道：「許星純，你剛剛又在發什麼瘋，我什麼時候沒理你了？不是你和其他女生打得火熱嗎？」

許星純神志應該是恢復了清明，這時有點不敢看她眼睛。

不過聽到付雪梨的話之後，他皺眉，動了動嘴角，似乎有點難說出口：「晚上我傳了訊息給妳，打了電話，妳沒有回我，我問了別人，才知道妳出來玩了。」

「那應該是我手機沒電了吧？」付雪梨半信半疑地查看手機。

這個人簡直是越壓抑，越變態……沒回個訊息，需要這麼激動嗎？

被許星純拉出來得太匆促，連包包都沒拿。剛想打個電話過去，手裡的手機先震動起來。

「喂。」

那邊的男生氣息不穩：『梨子，妳人呢，走了沒？』

「什麼？我沒走啊。」

『那妳別過來了，宋一帆幫妳把包包拿回去。就這樣，先掛了。』

「不是，怎麼了？你那邊好吵，出什麼事了？」付雪梨皺眉，覺得有些不對勁，看了眼許星純，邊問邊往回走。

『我們和一個人吵起來了，謝辭在打電話叫人。不過問題不大，對面人不多，就是幾個喝多了的混混。』

「我靠，天高皇帝遠的，你們膽子也太大了吧？玩得好好的，怎麼吵起來的？」

『就是剛剛調戲妳的那個男人，他後來又來找妳，宋一帆和他嗆了幾句，幾個人就打起來了。』

除了九班的一群人外，還有其他班幾個男生，其中還有市長公子，都是背景厲害的。他們平時在學校裡都愛惹事，年輕氣盛的小夥子，一點就炸。

打起架來，一個個都宛如要收復失地的氣勢，甩著手臂和對面開幹。

掛了電話，付雪梨顧不得許多，急匆匆趕去，酒吧裡面已經亂成了一團。

一個金髮混混特別激動，嘴裡髒話直飆。謝辭一腳把他踹倒在地上，掄起板凳往他身上砸！

他們這邊有幾個男生順勢上去，把一個人高馬大的男人壓著打。

付雪梨跑得氣喘吁吁，瞥到有人在宋一帆背後，急著喊道：「用東西掄他啊！宋一帆看後面，你他媽傻子啊！」

她毫不猶豫地衝過去，一腳踢在那混混的屁股上！

男人吃痛地轉過頭，看到付雪梨，三兩步上前，想用腳踹她。

付雪梨剛想躲就倒抽一口涼氣。

許星純手邊有啤酒瓶子，他抓來敲碎，毫不猶豫地向那個男人捅過去。

血順著傷口流下。他的手臂和小腹都有血跡，把外套濡濕了一大片，那個男人痛得倒在地上。

「妳到旁邊去。」許星純丟掉碎玻璃瓶，和已經被嚇到呆愣的付雪梨對視。

宋一帆在旁邊把這一幕看得一清二楚。

許星純捅完人後，眼裡一片平靜和漠然，看著就讓人後脊背發涼，說不出的詭異。

都說他們這些人脾氣不好惹，其實真正打起架來都是小打小鬧罷了。最多骨折進醫院什麼的，一般不怎麼會見血。反倒是許星純這種看起來有分寸，特別規矩，但一下手就穩狠準的人才是最恐怖的。

亂鬥並沒有持續多久。幸好酒吧的老闆是謝辭哥哥的朋友，警察也沒來。那邊一個電話，幾個保鏢匆忙趕來，把鬧事的那幾個人拖走。

不過他們一群人也好不到哪裡去，大多都掛了彩。

謝辭哥哥把酒吧的損失結清了，酒吧老闆還派人開車送他們幾個受傷的男生去醫院。

等包紮完，所有人都精疲力盡了。

許星純的手也被弄傷了。在混亂中不知道被什麼東西劃到，特別深的幾道傷口，看起來很嚇人。

付雪梨陪在他旁邊看護士消毒包紮時，幾乎不敢直視，彷彿疼在自己心上。

坐在醫院椅子上，等著拿藥。許星純臉色蒼白，衣服上還有不明顯的血跡。因為疲倦，聲音比之前低啞了很多：「我不痛，付雪梨，妳別哭了好不好？」

說完，他動作吃力地從口袋裡掏出一個小盒子。

付雪梨的眼淚還懸在眼眶裡，要掉不掉，目光停在他手裡的東西上。

他遞給她，似乎想要化解略顯沉重的氣氛：「剛剛忘記給妳了。」

她遲鈍地接過來，打開，一條鑲鑽的 Hello Kitty 鑰匙圈靜靜躺在絲絨布上。

付雪梨一怔。下一秒，臉色就變了。

20

愣了片刻，付雪梨下意識吞了下口水，才拿出那個鑰匙圈，放在手心裡。

垂了眼睛，仔仔細細地又看了一遍。

「我逛了幾個商場，沒有一樣的，只有這個最像。」

他不解釋還好，一解釋，她心裡愧疚的情緒瞬間飆到頂峰。一向最為沒心沒肺的人，此時居然也陷入了自責，難受得一個字都說不出來。

其實這個鑰匙圈，對她來說根本就是無關緊要的小玩意。許星純丟了就丟了，根本不重要。

付雪梨只是好玩想逗他，於是裝模作樣生氣一下。

但早知道，許星純就是這麼認真偏執的個性。她說的每句話、做的每件事，甚至一個眼神，都被他放在心裡計較。

從以前到現在，她一直覺得許星純不過是她在恰當的時間裡，隨便撿來消遣寂寞的寵物而已。她也從來沒有把他，放在和她同等的位置上對待過。

但付雪梨沒仔細想過，只有十幾歲的他，不管平時看起來多溫和淡然，也不過是個普通男孩子。

「你這個人是腦子缺根筋，還是天生就傻啊？」明明語調裡隱隱帶了哭腔，嘴上依舊不客氣，像是在吼他一樣，「我要你去死，你去不去？」

許星純看著她，沉默一陣子才平淡地說：「如果妳需要，我可以去。」

刻意壓低的嗓音，在這樣安靜的夜晚，顯得太溫柔。

他神色認真。

她知道，他並沒把這句話當玩笑。

心中一酸，側過頭去，淚珠就掉了下來。

嗚嗚嗚，這個人真的就是個大傻子，許星純的爸媽怎麼會生出這種傻兒子。談個戀愛，這麼真情實感，活該被人騙。

這下輪到許星純愣了，他有點跟不上付雪梨的情緒。

不知道她為什麼哭，他能做的，就是默默遞紙巾給她，一包面紙一下子就見底了。

「班長你好了——咦？」宋一帆溜達過來，本來想問候一下許星純，看到付雪梨，話到中途硬生生轉了個調，「梨子？」

她抬頭，淚眼汪汪。

宋一帆神情古怪，上下指了指她：「班長還沒死，妳一把鼻涕一把淚的，是在哭喪嗎？」

付雪梨反手就把紙巾砸到宋一帆腦門上：「滾開。」

「滾就滾，告辭！」宋一帆抱拳，大聲說：「此去山長水遠，臣退了，這一退，就是一輩子！」

許星純：「……」

付雪梨崩潰，本來悲傷的情緒都被這個傻子弄沒了，起身追打他：「宋一帆你有病吧！」

幾個人從醫院出來，因為打了場驚心動魄的架，雖然身體疲憊，但精神都格外興奮。

招待所晚上十二點以後有門禁，要刷卡才能進去。大夥想著也回不去了，反正花好月圓，隨便買了點吃的，在空蕩無人的馬路上喝酒閒扯。

宋一帆永遠是最激動興奮的那個。

回味起剛剛那場架，康凱忍不住又看了走在最旁邊的許星純一眼。

他屁顛屁顛地跑到許星純身邊，擠開付雪梨，眉飛色舞地道：「沒看出來啊班長，你成績這麼好，打架也這麼猛，你這個哥兒們我認定了。」

「康凱，做人可不能這麼自作多情。」旁邊有人嘲笑他。

其實無論表面上有多不屑，但一般情況下，學渣內心深處對學霸都有一種天然的崇拜感。

在平時，對許星純這種只能遠觀不可褻玩的優秀學子型人物，他們只覺得清高文靜，不易攀談。

畢竟是國家棟樑，未來社會的菁英人物，可不能把他弄折了。

如今剛好有個契機，誰都想來找他聊聊天。

「班長，說起來，我們都很疑惑，你成績這麼好，為什麼不去華師大附中，跑來一中讀？雖然我們學校勉強也算個升學學校，但是學風水準和附中完全不是同個等級啊。」

有人猜測：「班長應該是學校長官請來衝高考狀元的，是吧？」

「不是。」

男生糊塗地看著許星純，邊走邊問：「那是為什麼？」

許星純陷入沉默。

付雪梨知道原因，可她不好意思說，於是有氣無力地打岔：「能不能別這麼八卦，閒得沒事幹。」

「大梨子妳給我閉嘴，大老爺們說話，妳別插嘴。」

「……」

看來今晚的酒精讓他們這群人膨脹了不少。

幸好他們很快就忘了剛剛的話題，轉頭又說起籃球、科比、遊戲機。付雪梨聽得直打哈欠，倒是許星純一臉認真地傾聽，很有耐心。

康凱突然不好意思地說：「班長，你是不是覺得無聊？我們除了吃喝玩樂，啥也不會。」

「是你自己，不是我們，我還會泡妞呢。」市長公子大笑。

「不會。」許星純說。

「那你怎麼不說話？」

「對不起，我反應有點慢，跟不上你們。」許星純淡淡一笑，「我不是很會說話，不過聽你們說起來很有意思。」

宋一帆帶著酒意打斷他：「別別別！年級第一的學霸別在一群學渣面前說自己反應慢！」

一大群人浩浩蕩蕩地在淩晨的街頭壓馬路，有說有笑，在寒冷的夜晚，倒也不覺得寂寞。總覺得還意猶未盡，黑夜就悄然過去，天邊晨光微亮。

§ § §

和付雪梨同房的兩個女生大概六點就起來，洗澡、洗頭、化妝。

她精神不振地溜進去，符藍還在床上睡得迷迷糊糊。看了看時間，等等還要去博物館參觀，估計也睡不了了，付雪梨認命地打開行李箱找衣服，打算去浴室洗澡洗頭。

另一邊，宋一帆一行人進入招待所後，因為怕被老師發現，連電梯都沒坐，走樓梯硬生生爬到七樓。一群人累得氣喘吁吁地推開消防通道的門，還沒喘過氣，就齊唰唰地愣住了。

——齊熊正在門口守著他們。

「你們昨天晚上去哪裡了？」

眾人：「……」

事情的魔幻程度，似乎……超乎了他們的想像。

齊熊氣得要死，來回走了兩圈，臉色鐵青。

「你們一個個的，越來越無法無天了，整天正經事不幹，淨給我捅婁子。我等等聯繫學年主任，下午就把你們全都送回家！還有，許星純你怎麼回事？你怎麼在這裡！！我沒看錯吧我？你幹點什麼不好，跟他們這群人去鬼混？你還記得你是班長嗎？真是太不像話了！」

齊熊看到自己的得意門生也在其列後，不敢置信地一連問了幾個問題，顯然已經懷疑人生，怒火攻心，殺人的心都有了。

這時哪有人敢再說話。一個個排成一列，低頭乖乖挨訓。

「你的手怎麼了？」齊熊這才注意到他們幾個人身上，大大小小掛了彩。

他按捺下怒火，問許星純：「怎麼回事？」

宋一帆站出來，結結巴巴道：「是這樣的……我們昨天回來路上……因為天黑，不小心摔進了一個坑裡，然後、然後我們就去了醫院……」

早上七點半，大巴準時停在飯店門前的停車場。

付雪梨被符藍拖上車，她就是懶骨頭，一上去就把鴨舌帽扣在臉上補眠。

就這麼無精打采地過了一個上午，在餐廳吃午飯的時候，隔壁班的人來他們這桌問：「同學妳好，請問一下，你們班長在嗎？」

「不在，班長有點事，今天沒來。」

等那個人走後，付雪梨才發覺有點不對勁。她四處張望，後知後覺地問：「謝辭、宋一帆他們呢？怎麼都不見了……」

一張桌子上的女生說：「熊大剛剛在車上不是說了嗎？他早上逮到了班上一群男生，他們昨天晚上溜出去玩了，就罰他們留在招待所寫一千字的悔過書。」

「……？」

付雪梨表情一變，瞪大眼睛。

符藍湊到她耳邊低聲說：「幸好妳沒被發現。」

這時，桌上另一個人吃驚地問：「天啊，昨天晚上班長也出去了？」

「對，所以熊大氣死了，說從今天開始，他要親自去房間查寢。」

§　§　§

他們參觀歸來。

坐在回途的大巴上，累得不成人樣的付雪梨想起來，打了個電話給許星純。

那邊接起來，低低喂了一聲。

聽到這個聲音，突然覺得安心不少。符藍在睡覺，她轉身對著窗，捂著嘴小聲問：「你在幹嘛？」

『剛寫完悔過書。』許星純啞著嗓子，似乎低低笑了一聲。

「我靠，一千字？」

『嗯。』

「那你睡一下了嗎？」

『我先去洗澡。』

「醫生不是說不能沾水嗎？你、你洗澡，你的手怎麼辦？」

那邊似乎在猶豫。

付雪梨渾渾噩噩的腦子裡靈光一現，脫口而出：「你等我回去，我有辦法。」

一個小時後，鬼鬼祟祟的付雪梨出現在許星純房間門口。她左看右看，確定沒人後才敲門。

大概幾分鐘後，門被拉開。

付雪梨倒抽一口涼氣。她急匆匆地轉過身去：「我靠，許星純你就穿個浴袍是幾個意思？袒胸露……露那啥的，想色誘誰！」

良久，他無奈的聲音才響起：「我跟妳講電話的時候，已經脫完衣服了。」

「所以呢？」

「所以，我只能穿成這樣。」

付雪梨的腦子裡一團亂，吼了一聲：「穿成這樣是要幹嘛？！」

許星純遲疑道：「妳說……讓我等妳？」

21

「放屁！」付雪梨單手捂住眼睛轉身，大叫道：「我才不是這個意思，你快點把衣服給我穿好再說話。」

差點被這個人帶進溝裡。

「我早就穿好了。」他無奈地回答。

她半信半疑，手指打開條縫。

許星純心裡好笑，沒有一丁點脾氣，說：「手放下來吧。」

順著腿一點一點往上看，他衣服已經穿好了。付雪梨鬆了口氣，「走走走，進去說，外面人多。」

房間裡桌上的檯燈都沒來得及關，攤滿了書和紙筆。

「你還在念書啊？」她走過去，嫌棄地翻了翻。

許星純隨手把門虛掩上：「剛寫完悔過書，睡不著，隨便看看。」

付雪梨撇嘴，一臉跟他說話都費勁的表情：「算了，我是送這個來給你的，喏。」她舉起手裡的東西，在他眼前晃了晃，「我去超市幫你買了保鮮膜，怎麼樣，感不感動？」

許星純微不可察地笑了一下，點點頭：「謝謝。」

「算了算了，不跟你說廢話了，你過來，我來幫你把手包起來。符藍還等著我去吃飯呢，聽她說南京特別多好吃的小吃，什麼南京乾絲、狀元豆、桂花糯米藕啥的。」

這些許星純都不懂。他想了想，才問：「好吃嗎？」

付雪梨無語地看了他一眼：「我還沒吃啊。」

她把他的袖子小心翼翼地往上翻捲，一截手腕連手掌都纏著白紗布。

壓下心底淡淡的愧疚和心疼，付雪梨拿出剪刀和保鮮膜，囑咐他：「要是弄疼你了，你就跟我說，千萬別忍著……」

正在交代，門口突然傳來一陣腳步聲，幾個男生在說話談笑。

「不會是你室友吧？」付雪梨話語一頓。

「可能……是。」

「啊？我靠！」她慌亂地揪住許星純白色的浴袍，「不行不行，我要躲躲，這樣太尷尬了。」躲哪裡呢？

付雪梨扔了手裡的東西，急得四處亂轉。

直接走？不行不行，這時候出去肯定會被他們撞個正著。

就在這時，許星純扣住她的手。

「班長，班長，你在不在啊？」

幾個人走到住的房間，發現房門沒鎖。方天推開，入眼就看到地上的剪刀和保鮮膜。

「我靠，不會遭小偷了吧，怎麼這麼亂？」一個男生驚訝地張嘴。

「我在洗澡。」許星純的聲音從浴室傳出來。

「喔喔，行。」方開鬆了口氣，走過去，「那你開個門行嗎？我洗個手，馬上就好。」

他疑惑地推了推門：「班長，你洗個澡鎖門幹嘛？」

隔了一會兒，許星純的聲音才傳來：「我在洗頭，開不了門。你急的話……去別的房間？」

方開疑惑地皺眉，總覺得怪怪的。不過沒做他想，應了一聲便走開了。

浴室裡。

付雪梨屏住呼吸，緊張地聽著外面的動靜。感覺自己的臉被碰了碰，才回過神。

許星純靠在旁邊，悄然無聲地注視著她。

「幹嘛……一直盯著我看，雞皮疙瘩都起來了。」

小聲嘀咕兩句，她的視線突然直了。

操可言。

許星純剛剛綁好的衣服，不知道什麼時候被扯得鬆散開來，袒露了一大片胸膛。

緊繃光滑的肌理，蘊含著年輕男性的荷爾蒙。就這樣近距離看，還是很有衝擊力。

付雪梨又不是啥都不懂的傻子。說矜持，其實也就裝裝樣子，對她本人來說，真的沒什麼節操可言。

腦子裡又響起其他人運動會時跟她說過的話。

「許星純就是女孩子都喜歡的那種又瘦又白的學霸啊，雖然平時看起來很禁欲，但最好是脫衣有肉，有反差就更性感了。」

本著破罐子破摔、不看白不看的心理，悄悄欣賞了一下，她一臉糾結。

好可惜啊，如果能摸一摸就好了……算了算了，慢慢來，不能操之過急，不能操之過急。

這樣顯得她太色了……

「看夠了嗎？」

付雪梨抬頭，趕緊否認：「我沒有，我——」腦子裡轉了轉，小臉迅速換上理直氣壯的神色，「我才不想看你，但是你擋在我前面，就是故意給我看的。」

他盯著她，沒反駁，反倒低低嗯了一聲。

「……」

這似是而非的暗示，讓她更說不出話來了。

這是默認了，還是……

付雪梨不敢多想，剛動，手機便響了。她嚇了一跳，還好是開震動。是符藍打來的，估計等得不耐煩了，催她快點下去。

手機不斷震動，似乎吸引了她所有的注意力。

許星純從付雪梨手裡把手機拿過去，然後神色自然地放在洗手臺上。

§ § §

符藍在大廳踱步，等付雪梨等得花都謝了，打電話又打不通，差點生氣了才看到她姍姍來遲的身影。

似乎還是急匆匆跑下來的，臉上紅暈未褪。

符藍問：「妳這是怎麼了？」

「走走走，路上說。」

彷彿後面有什麼洪水猛獸，付雪梨拉著她就往外走。

幸好符藍提前查了攻略，跟著地圖坐車倒也方便，不一會兒就到了離飯店最近、南京著名的某條小吃街。

剛找了一間店坐下，付雪梨立即說：「我要喝酸梅湯。」

「怎麼了，這麼渴？」符藍仰頭看菜單，聞言疑惑。

「我要消消火。」付雪梨說得一本正經。

等菜等得無聊，符藍突然想起來，便問昨晚許星純受傷的事。

付雪梨跟她簡單地說完，符藍連連驚嘆：「天啊，真看不出來，班長長得這麼秀氣，下手這麼狠，直接把人家弄進醫院了？」

「……」

以為她被嚇到了，付雪梨剛想開口解釋兩句，便聽到符藍說：「帥哥果然做什麼都好迷人啊！好有氣質！嗚嗚，他揍人的樣子肯定也特別好看吧？」

付雪梨替她倒了一杯酸梅汁：「大姊，我看妳也消消火吧。」

「謝謝大美女。」符藍喜滋滋一笑。

付雪梨無語：「妳再犯花痴，我改天一定要告訴妳男朋友。」

「唉……妳去告訴他吧，如果妳不介意，我現在就和我男朋友分手，然後去追許星純。」符藍又看了她兩眼，「妳是不是真的沒感情了？」

付雪梨避開這個話題：「我說妳自己也是學霸，為什麼這麼喜歡他？除了成績好一點，他到底哪裡吸引妳了？」

聽到這句話，符藍搖頭晃腦，笑容很詭異地說：「我只是想知道，成為許星純的唯一是什麼感覺，當他的女朋友，淡定地笑看其他女生前仆後繼，想一想都很爽。」

她們說話毫無顧忌。

隔著兩桌，鄭玲玲聽著旁邊隱隱約約傳來的討論聲，吃東西的動作頓了頓。

同桌女生小聲八卦：「她們好像在說許星純耶。」

許星純……同年級的，雖然人沒怎麼見過，她們卻對他的名字如雷貫耳。

22

「對了，妳下午上去找班長，怎麼那麼久才下來？」洗完澡，符藍從浴室出來，拿毛巾邊擦拭濕頭髮邊問。

另外兩個室友出門去超市採購了，房間只有她們兩個。

「我剛剛看到妳和妳男朋友在樓下親嘴，你們注意點，不知道找個人少點的地方？」付雪梨岔開話題。

符藍一臉被雷劈的表情：「不是吧？」

看她緊張得連手裡的毛巾都掉了，付雪梨噗哧一笑：「騙妳的。」

「那妳怎麼知道，那個……」符藍說不出話。

「猜的，嘻嘻。」

「啊啊啊，嚇死我了，妳這個變態。」

付雪梨哼了一聲，在床上翻了個身，瞪著牆壁在心裡說——我就是個變態。

她把被子拉過腦袋，在黑暗裡出神。

這種心神不寧的狀態已經持續好幾個小時了。

一回想到下午在浴室裡的那一幕，她就頭皮發麻，呼吸急促起來。

但就是會控制不住地去想。只是想著想著……就口乾舌燥，不敢深想了。

§ § §

符藍打來的三通電話，付雪梨都沒接。

「許星純你真小氣，給我看看又不會少塊肉。」她神色認真，「再說了，以前我去看宋一帆和謝辭他們打球，早就看習慣了……」

話說到後來，漸漸就沒聲了。

——許星純取下腕錶，解開浴袍帶子。

這些動作他都做得不緊不慢，似乎是件再自然不過的事情。

只是浴袍裡面，全身上下，一絲不掛，光滑緊致的皮膚就這麼赤裸裸地完全暴露在空氣裡。

氣氛陡然升溫，大概呆了兩三秒，付雪梨的血氣從腳底直衝天靈蓋。

許星純瘋了吧！

她羞得小臉通紅，咬了咬嘴唇，囁嚅道：「你、你想幹嘛？」

許星純一絲不掛，卻一點害羞臉紅都沒有：「妳不是說妳習慣了嗎？」

付雪梨腦中一片空白，只能機械式地對話：「我、我不習慣，你給我穿起來。」

說完，付雪梨才想起非禮勿視，手足無措地轉過身。雖然看不到了，但是他骨肉勻稱、帶著少年特有的清瘦身體，似乎一瞬間就釘入了腦海……

「你要幹嘛，耍什麼流氓？」她問，甚至連聲音都有些顫抖。

不過，現在也顧不得外面的人聽不聽得見了。

這句話問完，淅淅瀝瀝的水聲便響了起來。小水花濺到白色瓷磚上，把她的小腿弄濕了。

許星純居然真的開始洗澡了。

付雪梨感覺全身僵硬，腿也有些發軟。她沒出息地背對著他，蹲在門口。

幸好和他同房的幾個男生只是回來換個衣服，沒過一會兒外面就安靜下來，應該是出去吃飯了。

在逃出門去之前，付雪梨忍不住回頭看了一眼。

浴室被迷濛的水氣充溢。

許星純站在水龍頭下，黑髮被水淋濕，表情晦暗不明。

因為這件事，饒是付雪梨臉皮再厚，也無法直視許星純。他這個人做事真是不鳴則已，一鳴驚人。平時看起來規規矩矩的，本質上卻這麼放浪形骸。

只要看到他，她就會想起那天在浴室的情形，所以許星純過來找付雪梨時，她開始有意無意地避開他。

隔了兩三天，付雪梨生理期來，她跟班導請假，在飯店窩了一天。吃完晚飯，許星純又來找她。

付雪梨尷尬地後退兩步。

許星純似乎察覺到了她的抗拒，剛開口說：「我……」

「你不準說話。」付雪梨急著打斷他，「我現在不想看到你。」

「……」

他深深地看了她一眼，然後轉身走了。

那個眼神，把付雪梨看得心一顫。

感覺許星純好像誤會了什麼。她不是要趕他走，只是有點害羞……雖然她平時作風彪悍，但說到底還是個女孩子，總要給她幾天時間緩緩吧。

但付雪梨的身體實在不舒服，就沒追上去解釋，打算過幾天再去找他，反正離回學校還有幾天。

也許對付雪梨的反覆無常、陰晴不定，許星純早就習慣了。眼神偶爾交會的時候，他便主動移開視線。

再說上話時，是她看到隔壁班的女生在樓梯間跟許星純表白。

付雪梨當時腦袋一熱，什麼都沒想就直接過去。

她輕車熟路，三言兩語就把那個女生刺激跑了。許星純在一旁，一直默默看著她。

「妳幹什麼？」他問。

「我知道你不喜歡她們，幫你解決了。」付雪梨笑嘻嘻地，說得理所當然，沒有一點不好意思。

「我不需要。」

「喔，不需要就算了。」付雪梨漸漸不笑了，轉身就想走。

他拉住她的手臂。

她掙扎了一下，想抽回手臂，卻被他握得更緊。

「妳喜歡我嗎？」許星純很少如此直白地問她，這種強硬的態度讓她有點心浮氣躁。

付雪梨猛地抬頭，下意識地反駁：「我沒有。」

這話讓兩人都怔住了。

隔著不到十公分的距離，他面色冷硬，目光灼灼地看著她問：「那妳為什麼要管其他人喜不喜歡我？為什麼要生氣？」

她向來不喜歡用腦子思考，對於他問的話，她其實也沒想清楚，只能心虛地說：「對不起，我也不知道為什麼生氣。但……你喜歡我這件事，的確讓我有優越感，所以我不想要你和別人在一起。」

說完她就有點後悔了，垂下腦袋，小心地瞄了許星純一眼。

「所以……我只是妳用來刺激她們的工具，是嗎？」許星純的臉上毫無表情，眼底的溫度都消失了。

「對不起。」

付雪梨想，她應該解釋一下。但被他那樣看著，她突然連話都不敢說了。

片刻之後，許星純收回手，放開了她，低聲說：「妳走吧。」

她對不起什麼？

對不起這麼多年，她還是不能喜歡上他嗎？

許星純願意等，也願意縱容付雪梨，但他不是神。無用功做多了，偶爾也會想——他忍耐又有什麼用？

從一開始，她對他的所有感情，都始於憐憫。他不知道怎麼去愛她，她也不教他怎麼愛她。

到頭來，她終究不會喜歡上他。

23

從那天以後，有大半個月，許星純和付雪梨沒說過一句話。

在學校是這樣，課餘更是毫無交集。

兩人明明是前後桌，偶爾目光相撞也會馬上移開，彷彿是陌生人。

雖說許星純之前也經常忽視她，讓她惱怒，但付雪梨心裡一直能感覺到，他所有的淡漠都只是吸引她注意力的手段罷了。

不過這次，她再沒心沒肺，也感覺到他是真的忽視和不搭理她了。

也不是沒有努力。比如付雪梨會學許星純周圍的人，主動找他問問題。

誰知許星純看了一眼題目，都沒正眼瞧她就說：「我不會。」

她好不容易做好心理建設，卻熱臉貼了冷屁股，頓時有點委屈，感覺遭受了不公平待遇。

付雪梨心裡不舒服，也不藏著掖著，把手裡的筆一摔，質問：「你剛剛明明教符藍做了，教你同桌做了，怎麼到我就不會了？」

「我不會。」他又說了一遍。

「……」

是人都看得出來他是在敷衍。

騙子，大騙子，就是不想理她，找什麼藉口。

不過這段時間，付雪梨總是忍不住想，自己對許星純到底是什麼感覺。自從肯動腦子想後，她發現自己是有點喜歡他的……至於喜歡到什麼程度，還需要一段時間才能想清楚。

但如果以後許星純都不再理她的話，她肯定會不甘心。

一直到耶誕節前夕。

這天從早上就斷斷續續地飄起了雪，到中午時，地上已經鋪了一層薄薄的冰雪。放眼望去，教學大樓的樓頂也白了一片。

正好下課鐘聲響起，許星純去辦公室領了等等要發下去的資料。回來時，一雙筆直的腿大咧咧地架在他的椅子上。

這麼冷的天氣，她卻露著一截細瘦雪白的腳踝，凍得有些泛青。

符藍側過頭，叫了她一聲：「喂，雪梨，班長回來了，妳把腳放下來啦。」

付雪梨玩著手機，一點理她的意思都沒有，腳還是放著，任身邊的人默然地看著她。

教室裡鬧得熱火朝天，顯得他們這裡的安靜更加尷尬。幸好這時班上幹部風風火火地跑進來喊：「班長，老師叫你去開會。」

平時本來就話不多的許星純低眉斂目，沒看付雪梨一眼，把手裡的東西放下，從抽屜裡拿了紙筆就走了。

付雪梨頓時拉下臉來。

他們往外走，在走廊上，迎面遇上了夏夏。她看著許星純笑，欲蓋彌彰地清了清嗓子。

幹部的心思轉了轉，想到剛剛上課時別人跟他說的八卦，本著看破不說破的八卦精神，識相地先走一步。

他們走後。

「我知道了，妳自習課非要換座位到班長後面，就是為了找他的碴？」符藍問得很小聲。

隔了一會兒，付雪梨才低著頭說：「妳想太多了，坐這裡方便我玩手機。」

雖然狡辯了一下，但其實符藍說得沒錯。她就是不想讓許星純好過，他不理她，無視她，她就要處處刁難他，找他麻煩。

其實付雪梨看起來雖然放蕩不羈，但是感情上還很笨拙，和情竇初開的毛頭小子一樣，喜歡誰就靠欺負他來吸引注意力。

今天是平安夜，班上的人都在互送蘋果和聖誕賀卡。

從付雪梨的座位上看去，剛好能看到許星純那滿抽屜的禮物和蘋果，甚至堆得地上都是。心裡的火更旺了。

正出神時，馬萱蕊走過來。

「妳有看到班長的物理考卷嗎？」馬萱蕊小聲地問齊清。

齊清茫然，找了一圈：「啊，可能在符藍那裡吧。」

坐在後桌的符藍在抄歷史筆記，聞言用手肘碰了付雪梨一下：「考卷給馬萱蕊。」

「沒看到我正在用嗎？」付雪梨正在那張考卷上畫著什麼。

「可是……」馬萱蕊猶豫地說，「是我先向許星純借的，他也同意了。」

付雪梨在許星純的考卷上畫幾坨便便畫得正高興，被人打斷，有點不耐煩了：「妳借誰的不是都一樣嗎？符藍，妳把妳的給她。」

馬萱蕊遲遲不肯接下符藍的考卷，付雪梨抬起頭，眉梢一揚。

面前站著的女書呆子忍不住指責她：「妳跟許星純說了嗎？憑什麼在他考卷上亂畫？」

「沒說又怎麼樣？」

平時也就算了，今天不知怎麼地，一個兩個的都來惹她。

馬萱蕊鼓起勇氣看了她一眼：「付雪梨，妳講點道理好嗎？」她維持著最後一點禮貌，說完就要把考卷拿走。

付雪梨臉一黑，無名火起，死死按著不放。兩人都使了點力，考卷居然被扯破了。

「……」

「……」

這下，連符藍和齊清都不得不出來打圓場。

可馬萱蕊被付雪梨氣得眼淚汪汪，丟下一句「不知道妳在神氣什麼」，就轉身跑了。留下他們面面相覷。

自習到一半，許星純和幹部開完會回來，被折騰得一團糟的物理考卷就這麼放在他桌上。

符藍低下頭，不敢看許星純的臉色。

倒是始作俑者一臉無所謂，絲毫不覺得自己有什麼錯。畢竟付雪梨從小做了錯事，只要撒撒嬌，就會有人為她解決。

許星純的目光終於落到她身上。

「看什麼看？我不是用透明膠帶幫你黏起來了嗎？大不了，你拿我的考卷好了。」

許星純默不作聲地坐下，然後把考卷收起來，好像什麼都沒發生。旁邊的齊清偷偷瞟了他一眼，一邊寫考卷，一邊在心裡感嘆自己的同桌脾氣真好……

這天放學後，付雪梨和宋一帆、謝辭他們在學校門口的奶茶店等人。

還有其他年級的人。閒著無聊，便玩起牌來。話題扯著扯著就扯到了夏夏身上，一個男生突然嘖了一聲說：「她是國一轉到我們學校來的，當時就是級花。」

「聽說夏夏國二就和外面的人上床了吧。不過我兄弟追了她幾年都沒追到手，誰知道被學弟搞到手了。」

付雪梨的動作頓了一下，宋一帆跟著一笑，說：「許星純吧，我認識，夏夏不虧的啊。」

「誰說夏夏是他女朋友？」她腦袋一熱，開口問了句廢話。

果然，李傑毅看著她：「只有妳不知道而已。」

晚上回到家，付雪梨找出之前寫給許星純的道歉信，撕個粉碎扔進垃圾桶。

她魂不守舍地坐在床上，咬牙切齒地罵許星純賤人。

滿腔抑制不住的憤怒，到後來卻覺得心裡空落落的。

這種感覺太陌生了。付雪梨從來沒想過，有一天，許星純會不屬於她。

這一夜她睡得很不安穩，失眠了大半個晚上後，在迷迷糊糊中似乎夢到了以前國中的事。

她那時可威風了，一身反骨，無法無天。

記得付雪梨第一次對許星純產生印象的時候，是有幾個小流氓在校外找他麻煩，一群男的女的圍著他起鬨。

被圍著的他，異常安靜，似乎完全不知道怎麼反抗。她認出他是自己的新同桌。也記不起來為什麼，可能就是一時衝動，也可能是看不慣，付雪梨就這麼帶著身邊的幾個人上去打抱不平。

後來，她踩著那個人的背讓他跪在許星純面前道歉。

很奇怪，從那以後，付雪梨就一直篤定地相信，許星純肯定會喜歡她很久。

24

一連幾天，付雪梨在學校像變了一個人。從處處和許星純作對，故意在他面前找存在感，恢復到從前冷淡漠視的狀態。

誰都察覺到了她的異樣，何況是許星純。不過這樣也好。她對他冷淡，好過她對他害怕。兩人毫無交集，他也不需要花精力控制自己去和她相處。

許星純不想發瘋，可他知道，這是遲早的事。明明受著煎熬，卻要在她面前裝模作樣，保持若無其事的樣子，他一秒都不想再忍下去了。

只是他習慣了這種被冷淡的日子，反而是付雪梨，好像有點高估了自己。

她……

她真討厭被他無視的感覺。

時間一天天過去，本來是懷著報復許星純的心理，沒想到原本設想的沒達到，反而搞得自己越來越抓狂、失落。

太可惡了，為什麼他還不來找自己認錯？

下節是體育課，班上大多數的人都聽得心不在焉。付雪梨也不例外，望著牆上的鐘，無聊地轉著筆，數著下課時間。

教室外面有人走過，一時分神，筆掉在地上。彈了一下，咕嚕嚕滾到後面。

她彎下腰側身去撈。因為看不見下面，她單手亂撈，不時戳到後面的人的小腿。

椅子突然發出刺耳的拖曳聲，齊清嚇了一跳，側過頭看許星純。

他彎下腰。齊清會意，移開一點，方便他撿筆。

「妳的嗎？」他遞過來，拿著圓珠筆的手懸在半空。

付雪梨無法坦然和他對視，沒吭聲，只是輕輕點了點頭。拿回自己的筆，她趴在課桌上，一節課都沒起來。

§　§　§

上完半節羽毛球課，接著有較長的下課，有接近一個小時的自由時間。

打籃球的少年在尖叫奔跑。付雪梨買了瓶可樂，有一口沒一口地喝著，目光遠遠地停在操場旁邊車庫鐵門那裡。

許星純和夏夏站在那裡，兩人距離很近，付雪梨從來沒看過他和哪個女生靠得這麼近。

他們站在一起特別顯眼。

許星純抬腕抹了把汗，夏夏伸手似乎是想幫他，卻被他用手輕輕一擋。

「哼……」夏夏輕哼一聲，語調卻控制不住地上揚，像在撒嬌。

許星純擰開水，抬眼望向她身後。夏夏未覺，倚著鐵絲網跟他說話。

「你在看什麼？」突然意識到他的目光沒有落在自己身上，於是順著他看的方向回頭，許星純已經把視線移開。

夏夏渾然不覺，繼續說：「你知不知道自己身上有菸味啊？還是仗著自己好學生的身分，不怕被老師找碴？」

他沒反應，依舊寡言。

許星純清雋秀氣的外表總會給人錯覺，以為是個好相處的人。但接近了才發現，整個人都很冷，不近人情。

除了那個人，他的眼神似乎從來不會在別人身上多做停留……

想到這裡，夏夏壓下心裡小小的失落，又湊近幾步。

「這週六你有空嗎？可以來我家。」

付雪梨的視線跟著他們，隔壁班朋友在旁邊說的話，沒有一個字進入她的耳朵。

瞧出她三心二意，宋一帆說：「付雪梨妳搞什麼？天天直盯著許星純，妳以為這樣就能把一個男的看到回心轉意？」

這番話戳到了付雪梨的痛點，她火大地罵：「你、你、你，我才沒有直盯著他，你狗嘴裡吐不出象牙來，你眼瞎了，我他媽是在欣賞風景呢。」

宋一帆單手拍球，汗涔涔的，壞壞地挖苦她：「欣賞風景？妳看看妳手裡的瓶子，都要被妳捏爛了，欣賞什麼風景讓妳這麼生氣啊？」

在場好奇許星純和夏夏的不止一兩個。一個人有點惋惜地問：「他們真的在一起了？」

付雪梨聽得不爽，回道：「我怎麼曉得！」

「我四班一個朋友，上星期上培訓班，看到許星純和夏夏在校外約會。」

付雪梨臉色一變，頓時無話可說。

「怎麼？」說話的人注意到她的神情，隨口開玩笑問，「妳喜歡他啊？」

付雪梨把目光對準那個人：「你說這種話噁心誰呢？我才看不上那個書呆子呢，嘻嘻。他願意跟誰好就跟誰好，我只是疑惑夏夏為什麼會跟他。」

宋一帆的目光越過她，落在後面的男生身上。

付雪梨還在說著，一句句刻薄的話根本沒經過腦子就從嘴裡蹦出來。起先還沒反應過來，而後收到周圍朋友暗示的眼神，她一轉頭，就看到夏夏站在不遠處。

她旁邊……

付雪梨拚命忍著，維持住自己不屑的表情。

這裡大家都是熟人，夏夏也沒什麼顧忌，自顧自輕笑道：「看不出來啊，妳這麼熱衷在背後評論我的私事，不過妳看不上許星純，就最好離他遠一點……至於我喜不喜歡他，妳管不著，就算我們上床，都跟妳沒關係。」

她聲音越說越小，但付雪梨聽得一清二楚。

上床？！

她的大腦轟然炸開。想都沒想就上去給了許星純一巴掌。

宋一帆被她氣紅眼的樣子嚇了一跳，連忙上去拉她。

付雪梨惡狠狠地瞪著他們：「以後離我遠一點，噁心死了。」說完便甩開宋一帆的手，一個人走了。

大家都被這戲劇性的一幕驚呆了，眾臉發愣，不明白付雪梨為什麼突然發瘋。

夏夏察覺到身旁許星純的異樣，拉住他的手問：「你幹嘛？」

許星純恍若未聞，把自己的手抽出來，頭也不回地往付雪梨走的方向跟上去。

§ § §

可能是太生氣了，付雪梨一路走回教室，感覺血氣翻騰，大冬天的，臉都熱呼呼的。

教室裡空無一人。

付雪梨看到許星純的課桌就覺得刺眼，把他桌上的書扔在地上就開始踩，踩完了還嫌不夠，又在上面跳了兩下。

折騰累了，才在自己的座位上坐下，慢慢平復呼吸。

自己剛剛為什麼那麼激動？是不是瘋了？念頭剛剛蹦出來，身後就傳來腳步聲。

付雪梨一驚，回頭看去。

許星純半蹲在地上，脊背微微曲著，撿起自己的書，轉頭看著她。

「為什麼這麼做？」

淡淡的一句，很平常，沒有溫柔，也沒有指責，卻讓她瞬間紅了眼眶。

付雪梨倔強地直視他的眼睛，毫不猶豫地說：「因為我討厭你。」

許星純似乎在忍耐著什麼，一句話都不說。

她突然從座位上起來，力道大到甚至把他撞退了一步。

「你滾開。」

他微微側過身，似乎是讓路給她。

「我和她，什麼都沒有。」

聽到這句話，付雪梨愣了一下。賭氣地往前走了幾步，她又停下來，轉頭看他。

「你不要用其他女生故意來噁心我。」她沒發現自己火氣已經消了一大半。

「妳用什麼身分跟我說這句話？」那語氣平淡得像是在說今天下雪了。

話裡的意思讓付雪梨的心一動。

「……」

「我們就不能當朋友嗎？」

許星純把髒兮兮的書放到一旁，眼裡似乎有嘲弄，淡淡接話：「我不會和妳當朋友。」

看著許星純的背影，忍不住出聲叫住他：「你要幹嘛？」

「洗手。」

他腳步未停，已經走到外面。

她心裡小小地掙扎了一下，小跑過去，擋在他前面，洩氣地問：「那女朋友呢？」

許星純就那樣站在那裡，一動不動，看著她。

直到付雪梨扛不住了，心虛地說：「算了，我隨便說說。」

他繞過她往前走。

「……喂、喂，我沒跟你開玩笑，你別走。」

付雪梨急了。

這裡人太多，其他班還在上課，不能大聲說話。正好走廊轉角處有一間雜物室，她單手抓著許星純的手臂，把他推進去，用腳把門反踢關上。

「我再問你一遍，要我當你女朋友嗎？」

「妳在幹什麼？」他被推到裡頭的牆上。她手臂抵在他肩上，呼吸已經亂了。

「這就是你的答案？再來一遍。」手越抓越緊。

「妳先放開我。」許星純似乎已經被逼到極限，卻無可奈何。

付雪梨心思一動，往他下面瞥了一眼。

「看什麼？」

沉默了兩秒，他的呼吸聲又急了一些。

「你起反應了？」

付雪梨心跳突然加速，得意地揚起下巴：「還說不想當我男朋友？」

可能是剛剛被夏夏刺激到了，她突然湊上去，用牙齒咬住他的耳垂，舌尖在邊緣來回滑動。

似乎是怕她亂動，做出更過分的舉動，許星純把她從身上拽下來，分開，緊緊抓住她的手。

他低頭看她：「付雪梨，從現在開始，我給妳一個星期的時間。」

「哼，我不需要。」

她沒注意到，許星純出神了好一會兒。

再說話時，唇貼近她的耳朵，一個字一個字，說得非常清晰：

「妳最好想清楚了再做決定，我不會允許妳反悔。」

25

下一節課是物理課。上課的預備鈴還沒響，班上分外熱鬧，說話的聲音一浪高過一浪。

符藍和齊清在爭論一道題目，到後來都不太同意對方的思路和觀點。符藍毫不客氣地把草稿紙往許星純桌上一放，說：「班長，你來看看這道題目。」

「這一題求極限，老師說可以用羅必達，但是你看，它的分子分母最後化簡不到零，齊清說我方法錯了，但我覺得……」

似乎是感覺到了什麼，許星純思緒一滯，反應過來，發現兩個人正盯著自己看。

他試探性地開口：「對不起，妳剛剛說什麼？」

「……」

符藍打量了他一眼，轉頭對齊清說：「你說，班長是不是嫌棄我，為什麼連聽我說話都能恍神？」

齊清有點幸災樂禍地反問她：「那妳覺得呢？」

「可惡！我絕對不允許自己被帥哥討厭。」

許星純見符藍一直在打量自己，趕緊拿過她的筆說：「等一會兒，我先看看題目。」

「好的好的，你能不能用羅必達解解看？齊清硬要說不符合羅必達的條件，但是我覺得明明就可以。」

許星純看著題目，思索片刻，然後機械式地算著，看起來似乎在正確地解題，其實腦海裡已經一片空白，只有某個人的聲音在裡面重複迴盪。

付雪梨上完廁所回來，一走進教室就看到許星純伏在桌上，正在寫什麼。

他很快就察覺到，抬頭靜靜注視她。

飛速看了他一眼，付雪梨坐到自己座位上，咬緊下唇。

心怦怦直跳，突然有種奇妙的感覺，有點不好意思，但同時又有點甜，像有一塊巧克力融化在嘴裡。

半節課很快過去，老師講解之前的月考考卷。

講到最後一道大題，喊了一個學生上去擦黑板，自己走下講臺在班上逡巡。

「我馬上要講的這道重要題型呢，的確有點偏，是去年的物理競賽題，我們年級可以說是全軍覆沒。你們想聽就聽，不想聽就算了，反正沒有人把結果算出來。不過我記得好像許星純的解題思路還行，我把他的拿來講給你們聽。」

「來，把你考卷給我。」說著，老師已經走到了許星純的桌子旁。

許星純猶豫了一下，老師直接拿起他放在桌上的物理考卷，隨即驚訝地問：「怎麼回事？你考卷怎麼爛成這樣了？」

班上的人注意力都集中在這邊。

老師翻面，看到邊角全是幼稚的塗鴉——青草、太陽、河流。

他們這一片已經低低笑開了。老師也不急著講課，饒有興致地欣賞了一番，笑了笑，用眼神審視著這個平時行事低調、規規矩矩的男生，說：「班長，童心未泯啊，這是自己畫的嗎？」

聽了老師的話，付雪梨臉一紅，心虛地半轉過身子看他。

正好和許星純的目光不期而遇，她有點歉疚。

「不是我。」他若無其事地轉開視線，語氣很鎮定。

「嗯？那是……」

「家裡的小妹妹。」

老師剛走，付雪梨就傾過身子，扮了個鬼臉：「我才不是你家的小妹妹。」

符藍看到他們的小互動，隱隱感覺有點不對勁，但又說不上來哪裡不對。

下午在小禮堂有個講座，是一個大學來的知名教授的講座，學校拉了幾個班的人去湊數。雖然無聊，但是不用上課也是滿好的。中央空調的溫度有點高，付雪梨越聽越睏，便拿出手機玩遊戲。玩了一會兒，眼角餘光突然瞥到有人起身。

許星純撐著欄杆望向遠處。

感覺有人走過來，他轉頭看，那個人走近了一點，個子不高，穿著深色的風衣。許星純還有一點印象，是他的國中同學。

兩人聊了一會兒。國中同學等等有課，便走了。許星純又站著吹了一會兒風。

付雪梨抬頭看向站在不遠處，那個穿著校服、挺拔頎長的身影，清清嗓子，拍了拍旁邊的位置：「喂，過來坐。」

「妳怎麼在這裡？」許星純聞聲轉頭，聲音帶點詫異。

付雪梨哼了一聲，「我為什麼不能在這裡？倒是你，幹嘛偷偷地出來？」

「我買了瓶水。」他在她身邊坐下。

「你是不是也覺得那個老頭子的嘮叨很煩？」說著，付雪梨打了個噴嚏，自言自語道，「好奇怪，我不會是要感冒了吧？」

「來來來，你幫我把這關過了，我剛剛玩了好久都過不了。」

他接過她的手機，付雪梨轉頭看許星純。

他神情專注，眉眼清俊，開始研究那款遊戲，手指摸索著在鍵盤上移動。

過了大概五分鐘。

「你死得也太快了，笨蛋。」上一秒還在嫌棄，下一秒卻興沖沖地指揮他，「上面，上面一點，下面，下面，哎呦，你不能快點兩下嗎？怎麼這麼笨啊。」

額頭湊上去，幾乎貼上了他的下巴。一股淡淡的洗髮精香味縈繞在他的鼻端。

許星純分了一下神。

遊戲介面出現血紅的「GAME OVER」。

「我靠，就差一點。」付雪梨扼腕，「你剛剛突然手抖什麼，氣死了。」

他一言不發，點開下一局。操作已經熟練流暢，不用付雪梨指揮了。

她看了一會兒，便漸漸覺得沒意思。視線從手機滑到他的側臉，突然起了心思想逗逗他。小聲問：「許星純，為什麼只給我一個星期，我能不能再要一個星期？」

付雪梨戳戳他的肩：「問你話呢。」

許星純沒聽清楚，眼睛還盯著手機螢幕，側過頭去準備看她。

她趁他沒反應過來，把他毛衣拉起來，快速把手伸進去取暖。他皮膚溫溫熱熱的，從指尖開始，熱意漸漸蔓延。

「付雪梨……」許星純呆了兩秒才喊她名字，卻不知道說什麼。

「怎麼樣？」她就是喜歡跟許星純唱反調，在他的忍耐底線上踩來踩去。

「喂，你又死了。」付雪梨用下巴示意手機螢幕，故意逗他。

看著許星純白淨的臉突然有點泛紅，付雪梨一臉興趣盎然，饒有興致地追問：「你很熱嗎？怎麼臉這麼紅？」

「沒有。」

她將他勉強維持平靜的表情收入眼底，抿嘴笑起來：「那就是，害羞嘍？」

許星純想了半天，不知道怎麼回覆。這裡時不時有人經過，他的手扣著她的手，想從自己的衣服裡拿出來。

「我不要，我手冷，再讓我放一下。」付雪梨不肯，又往裡面伸了一點。

似乎怕弄疼了她，他也不敢怎麼使勁。良久，許星純拿耍賴的她沒辦法，只能低聲說：「講座要結束了，不要鬧。」

26

這個椅子有點窄，許星純那麼高的個子，好像有點擠？

付雪梨偷偷看許星純，手依舊放在他衣服裡取暖。

在學校裡，他一直穿校服，看起來那麼清瘦，脫了衣服其實很有料。

許星純看著付雪梨，微微皺眉。她似乎不清楚自己此時的動作充滿了性暗示，對他的心思毫無察覺，還一臉做壞事得逞的小表情。

他想親她。

許星純湊上去，側歪著頭，挺拔的鼻尖掃過她的下巴。

付雪梨被他突如其來的動作嚇得往後一跳：「我靠，你又發情了，占我便宜。」

他不出聲，不否認自己有欲望。

付雪梨琢磨了一會兒他的表情，感覺不太對，於是小聲道：「不知道為什麼，我覺得你今天有點怪，好像情緒很低落。」

「嗯……」許星純把手機還給她。

「為什麼？」

「……想到以前。」

「許星純。」付雪梨鄭重其事。

「嗯？」

他是不是只會嗯來嗯去？

付雪梨恨聲說：「如果你想用以前的事讓我感到愧疚，那門都沒有。跟我在一起，你就要被我欺負，一直一直都要被我欺負。以前是，現在是，以後也是。」

許星純一笑，眼睫毛微微翹起，嘴角旁凹陷進去一點，有兩個小酒窩。

靠……這麼好看的人，居然一直都是升學班班長，簡直是誘惑人犯罪……

付雪梨站起來，跑了。

她走後，許星純笑意未散，看著付雪梨的背影，在原地又坐了一會兒。

他的確心情不佳。因為剛剛遇見的人，是他國中轉班前的同學。

準確地說，那個人，是從小幫他做心理輔導那個叔叔的兒子。看到他，許星純有些恍惚，原來已經過去這麼多年了。

從他九歲開始，一到週末，就會有固定的心理醫生上門。

他的父親是緝毒英雄，有一年冬天，毒販們把炸藥埋在他們家裡。那天晚上母親在加班。正好是《新聞聯播》結束的七點三十分，巨大的爆炸聲震碎了門窗、大門、牆壁。

一共二十五節炸藥，砰砰砰接連炸開。許星純在臥室裡逃過一劫，卻親眼目睹坐在沙發上的外公被炸死。

滿屋的血，客廳的牆壁被炸出一個直徑二十幾公尺的大洞。

外公的去世，讓深愛著父親的母親痛苦不已，也更讓父親寢食難安，覺得對不起身邊的親人和他們母子。出事後，父親搬走，託律師拿信給母親，要跟她辦離婚手續，可母親不接受，一次次拒絕。

直到後來，父親跨省執行任務出事。

那是許星純少年時代最黑暗的半年。每到夜晚，母親總是對著他發呆流淚，他卻掉不出一滴眼淚。每個看到他的人，都說他長得很像他的父親。白天，他站在眾人面前，走到哪裡都有人用同情的眼神看著他，似乎是在嘆息：這孩子真可憐。

在學校裡，雖然有老師特地關照，但同學覺得他可憐又不祥，一下課，都躲得遠遠的。怕刺激他，也怕和他來往。

許星純不參加任何娛樂活動，沒有人願意和他交流。

他沒有朋友，總是獨來獨往。

母親在父親出事後，患上了抑鬱症，需要靠藥物治療。

他習慣了這長久的寂寞、壓抑、乏味的生活。後來升上國中，母親接受心理醫生的建議，帶許星純搬去臨城。只有放寒假，他才能有幾天時間回到爺爺和姑姑身邊。

十三歲剛上國中的許星純，個頭迅速往上竄，也比同齡人聰明一點。

剪短了頭髮，露出五官清秀的輪廓，寡言聰慧的他在學校裡成為出類拔萃的優等生。後來轉到那個女孩的班上，和她成為同桌。

「許星純，我給你吃的，你幫我寫數學作業。」

「許星純，馬上要上課了，你快點幫我倒杯水。」

「幾點了？幾點下課，許星純快幫我看看還有幾分鐘下課。」

「許星純，我睡一會兒，老師來了記得叫我。」

「雖然你總是呆呆的很悶，但是不說話的時候特別好看。」

「許星純，你以後不要怕那些小流氓，你是我罩的人。」

她雖然長得漂亮，但是智商的確不高，性格也不好，還喜歡亂發脾氣。又壞又笨，悄悄滴墨水在他的校服上，用水筆在他書上亂畫，以為他沒發現。

可她是天生笑面，捉弄人的時候，總會讓人造成無數錯覺。

坐在她身邊，很長一段時間，上課總是走神，老師在講臺上講課他都聽不清楚。

她能為他的世界帶來除了沉悶、陰鬱以外的色彩。許星純不知道從什麼時候開始，幫她寫作業，寫得比自己的還要認真。

知道她喜歡吃蘋果，中午放學後偷偷買給她吃。

她對他說的每一句話，他都用晚上的時間去回味。她對他笑一次，能讓他開心很久。

她就是付雪梨。

那時候，他已經很久沒有感受到類似快樂的情緒了。

而她，是讓他開心的祕訣。

他們第一次相遇，是在那個冗長的夏天。學校後山廢棄的工廠，那個嬌縱自得的小女孩，穿著過膝的薄款白色捲筒襪，撞見許星純抽菸的祕密。

她雪白的手臂、纖細如玉的小腿、薔薇般嬌豔欲滴的唇，是他性啟蒙的開端。

後來許星純為自己不齒，他的愛卑微難堪。

可他多麼喜歡她！

雖然他比任何人都清楚付雪梨是個怎樣的人，但他卻早就把關於她的一切，每一日放在心裡重複回味，一件都忘不掉。

§　§　§

正是放學的當下，處於奶茶店人流高峰期，來往的學生很多。

「剛剛走過去那個，是妳男朋友？妳這幾天經常偷看他。」

「現在還不是呢。」付雪梨輕哼一聲，她最近喜歡坐在奶茶店消磨時光。

「那就快是嘍？」店員小妹笑咪咪地問。

「看他表現吧。」付雪梨說話時咬著吸管，瞟了外面一眼，又打了個噴嚏。

她改不掉自己拖拖拉拉的個性，雖然決定要答應許星純，但總覺得要做點有儀式感的事才行。

可惜還沒等付雪梨想好是什麼儀式感，就出了一個不大不小的意外。那一年流感來勢凶猛，在全國各地爆發。他們這裡處於北方地區，很快就被波及。

走廊上，有許多帶著口罩的執勤學生。

班上每個人都帶了體溫計，天天上課前量體溫，給老師看，有點異常就直接回家。

付雪梨平時不愛運動，體質很差，沒過兩天就發燒了，她成為第一批回家的人，家裡的私人醫生來幫她吊點滴。

過了一天，依舊高燒不退。付城麟、付遠東陪她去醫院檢查、抽血。

護士在玻璃窗裡戴著口罩，讓他們明天早上來拿結果。

回去的車上，付雪梨忍不住掉眼淚，問哥哥自己是不是得了流感要死了，會不會被隔離……小小年紀，正是怕死的時候。付遠東有耐心地安慰她。

後來哭累了，被付城麟揹回臥室裡。付雪梨躺在床上，渾渾噩噩的，隱約聽到腳步聲，床前有人來來去去。

晚上，齊阿姨餵她喝粥。付雪梨靠著床頭，喝著喝著又掉淚了，突然說：「我明天不想去醫院。」

齊阿姨摸摸她的頭髮，說：「沒事的，只是去拿個結果。就算有事，醫生也會治好妳的。」

「不要，我不去。」付雪梨搖頭，「我怕被隔離起來，我害怕，我寧願死在家裡。」

「呸呸呸，瞎說什麼。」

點滴瓶裡的液體不緊不慢地滴著。因為太疲倦，過了一會兒，付雪梨又沉沉睡去。

不知過了多久，房裡檯燈有微弱的光，付雪梨迷迷糊糊地感覺床前好像站了一個人。

她睜開眼。

「付雪梨。」許星純平靜地看著她。

「嗚，你怎麼來了？」她喉嚨乾啞，嘴唇吃力地動了動。

「我來陪妳。」他的聲音似乎從很遠的地方傳來。

緩緩的，沉沉的。

「什麼時候來的？」

「七點。」

「你想被我傳染……？」付雪梨抬手，無力地揮了兩下，「快走開。」

「我來陪妳。」他還是這句話。

付雪梨本來就脆弱，聽到他的話，眼眶一下就紅了：「你……你陪個屁，你想死嗎？快滾……」

許星純只是看著她，一動也不動，也不知道在想什麼。

她腦子被燒得暈暈的，微微闔眼，想休息一會兒。

突然感覺下巴被人緊緊捏住，他的唇瓣溫柔地緊貼上來，毫不避諱。

她低呼一聲，想翻身躲閃，卻被他按著，隨後撬開牙關舔舐。

兩人氣息交纏，許星純的領口微敞，微刺的毛衣邊緣掃著她的脖子。她聞到他身上的氣息。鼻子酸酸的，付雪梨心裡泛起百般滋味，一動也不動地靜默著。她聽到許星純說——

就算死，我也陪妳。

27

不知道是不是許星純的那句話讓她很安心，那個晚上，付雪梨睡得很沉。她感覺有人陪在床邊，從深夜到天明。

房間裡沒開燈，窗簾完全拉上，有點昏暗。她稍稍一動，旁邊躺在小沙發上的人也醒了。

付雪梨打開檯燈。

「怎麼是你？」

知道她想問什麼，付城麟揉揉發痠的眼睛，打了個哈欠說：「許星純一大早才走的。」

「我、我又沒問他。」她支支吾吾，坐起來一點，「現在幾點？」

「快十一點了，真能睡。」

「喔，幾點去醫院拿結果？」她有點渴，仍覺得頭暈，拿起床頭櫃的水喝了一小口。

「下午三點。」付城麟過來探她額頭的溫度，「妳快點穿衣服刷完牙下來，我讓齊阿姨幫妳弄點吃的。」

吃完午飯，齊阿姨拿出體溫計幫她量體溫，燒還沒退。快要去醫院時，付雪梨又膽怯了，拖拖拉拉地坐在車上讓司機先別開車，好不容易才下定決心撥通許星純的電話。

他隔了一會兒才接，喂了一聲，聲音嘶啞。

「你還在睡覺嗎？今天不用上課？」她的話沒頭沒尾。

『昨天已經放假了。』

「喔……」

『燒退了嗎？』他問。

「沒有。」付雪梨忍不住咳了兩聲。

靜悄悄的……不知道說什麼。

『打電話給我有什麼事？』

「許星純，你能陪我去醫院嗎？」她問得有點忐忑。

那邊沒有猶豫，立刻答應。付雪梨告訴他地點，又問：「要我去接你嗎？」

『不用。』

電話裡傳來窸窸窣窣的聲音，像是在穿衣服。

這裡離醫院不遠，開車十幾分鐘就到了。付雪梨先到，她讓付城麟先回去，自己在醫院一樓等許星純。

等了一會兒，覺得有點無聊，她索性拿手機看電影。

口味略重的美劇，在醫院看倒是挺有意思。不過付雪梨有點頭痛，看得不太專心。身邊有人坐下的時候，她立刻就感覺到了。

「許星純，你來了！」付雪梨轉頭，聲音帶著一點驚喜。

因為怕傳染給別人，她戴著白色大口罩，只露出一雙帶著笑意的黑亮眼睛。

離得近，她看到他眼底明顯的一圈青色，忍不住問，「你昨天睡了嗎？」

他不出聲。她以為是自己戴著口罩聲音小，他沒聽清楚，於是又問了一遍，可許星純還是沉默。

付雪梨想了想又問：「有睡到三個小時嗎？」

許星純不想讓她擔心，於是點點頭。

只要是付雪梨想知道的，他都不會騙她。只不過他不想說的，就會對她保持沉默。

「唉……早知道就讓付城麟陪我了，你昨天陪我那麼久。」她有點愧疚。

許星純說：「妳想見我，可以隨時告訴我。」

可能是生病的人都比較脆弱，她聽到這句話，心底居然有點感動。

「還說自己不會哄女生。」她小聲嘟囔。

兩人就這麼對視了很久，一動也不動。

突然，旁邊走過一個中年婦女，抱著不銹鋼的盆子。走到付雪梨身邊時，被跑過去的小孩撞了一下，鋼盆搖搖晃晃地砸下來。許星純反應快，立刻抬手去擋。

雖然鋼盆很薄，但是猛地砸一下，肯定也很痛。那個中年婦女急忙道歉，許星純收回手，說沒關係。

付雪梨把他的手拉過來，捧在掌心裡細細查看：「疼不疼？」

「不疼。」

他們的膝蓋靠在一起，她看了一會兒，好像沒什麼事。付雪梨不想鬆開，便默默玩起他的手。

可能是拿筆的姿勢不對，她發現許星純中指的繭很薄。

她好奇地細細摸著，從微凸的骨節磨蹭到手腕。他的手背膚色偏白，可以看到青色的血管。

以前怎麼沒發現，他的手這麼好看呢……

等到護士喊付雪梨的名字，讓她拿報告，付雪梨才回過神來。

本以為很難熬的時間，一不留神就過去了。

檢查報告沒什麼異常。

拿著報告翻了翻，坐在椅子上的醫生多瞧了她兩眼說：「沒什麼大事，不過這種流感季節，要注意多穿點衣服。小女生要愛惜自己身體，還有，妳的體質太差了，平時記得要多鍛煉。」

知道自己沒事，出了醫院，付雪梨覺得天變得更藍了。不知道是不是心理作用，似乎頭也不怎麼疼了。

她滿臉喜氣洋洋，許星純卻心情欠佳，一直不說話，氣氛有點怪怪的。

付雪梨偷瞅他，看不出什麼表情，她問：「你怎麼又臭著臉？」

「醫生說，妳身體很差。」

付雪梨想岔開話題，便做賊似的壓低聲音說：「其實你每次不說話，我都有點怕。有時候我故意惹你生氣，也是想在你面前晃，找存在感。」

「怕我什麼？」

「你都不知道自己不說話的樣子有多高冷，好像一輩子都不打算理我一樣。」

許星純終於笑了，雖然笑得很淺。

她心滿意足。不知想到什麼，突然站住：「對了，那個……我叫你來，其實是有個事情要跟你說。」她又強調了一下，「我考慮了很久的。」

「嗯。」他也跟著停下。

「我……想好了。」

她的語氣稍微帶著一點不確定，許星純靜靜等著她的下文。

被他這麼專注地看著，付雪梨突然有點卡住，一時間竟不知道怎麼開口。

稍許停頓後，她踮起腳，猝不及防地親了他一下。

許星純有一瞬的失神。

她拉住他的手，鄭重其事地說：「就是這樣，你懂吧？」

看許星純還在發愣，付雪梨心裡有點得意，卡了半晌的四個字終於說了出來——

「我喜歡你。」

28

還沒等許星純說什麼，付雪梨自己就紅著臉去看別處，不過他看起來就像被嚇傻了。

她等，耐心地等。等了一會兒，許星純還是傻站在那裡沒反應。付雪梨也無奈了：「你再不說話，我就走了。」她作勢要走。

「等一等。」許星純急忙拉住付雪梨的手緊抓著，生怕她真的走了。

她這才發現，他的掌心濕濕的，像是出了很多汗。

許星純喉嚨發澀：「妳知道我不會說話……但是……」他不說話，是怕自己聽錯了……以為自己是在作夢，出現了幻覺。

「你可別激動到暈倒，我們又得回醫院了。」

「我還能堅持一會兒。」許星純一本正經。臉不知道是被冷風吹還是害羞的，紅得像個大蘋果。

沒出息。

付雪梨卻越看越喜歡。發抖著把拉鍊拉起來，帽子扣上，就這麼在人來人往的醫院大門口，雙手捧著他的臉親上去。

許星純摟緊她的腰，把她摟在懷裡，急切地回吻她。

短短幾天就發展成這樣，讓付雪梨覺得真的很神奇。別說許星純了，就算是她，都有點不真實的感覺。

晚上在家吃飯，她胃口大開，吃得特別香。家人都發現了付雪梨的反常，付城麟問：「心情這麼好？」

付雪梨喝了一口魚湯，含糊說：「知道自己沒得流感，當然開心嘛。」

「妳總算開心了，這幾天我都被妳弄得睡不好覺。」付城麟嘆氣。

好不容易好好吃完一頓飯，洗完澡溜上床。付雪梨躲在被窩裡，戴著耳機跟許星純有一搭沒一搭地講電話，他寫作業，她玩手機。

班上的一個男生傳了一個貼文給付雪梨。她點進去看，是論壇關於校花的投票。

付雪梨本來並不關心這種無聊的貼文，誰知道無意一瞥，發現自己居然在夏夏下面一名。她氣得要死，傳訊息叫宋一帆他們上論壇幫自己投票。

許星純也察覺到她情緒不對，問怎麼了。

付雪梨一下爬起來，換了個姿勢，下巴抵著膝蓋，嘴巴噘起來一點：「你說說，夏夏和我哪個漂亮？」

『妳漂亮。』他想也沒想，許星純嘆息一聲：『妳妳之前就問過我這個問題，妳為什麼這麼在意她？』

「那你倒是和我說說你和她是怎麼回事。」她帶了點火氣。

許星純一陣沉默後問：『什麼……怎麼回事？』

付雪梨提醒他：「我有朋友說看到你們在學校外面約會了。」

他言簡意賅：『我是她表妹的家教。』

「你還有時間當別人的家教？」

『她是我國中班導的女兒。』

付雪梨隱約記得，這個國中班導當初對許星純很好。她便沒說什麼，懶洋洋地哼了一聲：「哇，你們還真是有緣呢。」沒再繼續追問。

因為這場流感，學校一次性放了兩個星期的假。折騰了兩三天，付雪梨的感冒終於好了。雖然天冷，但她在家待不住，迫不及待地找了藉口，溜出去和許星純約會。

大冬天，別人都裹得像熊，他卻像不怕冷一樣，裡面只有一件短袖，外面套了一件黑色羽絨服。

一見面，她就衝到許星純懷裡，像個小狗狗似的，湊到他臉上聞來聞去。

才分開幾天，居然有點想他了。

「你說我今天穿的是不是很好看？」付雪梨扯了扯自己的羊絨小裙襬。

「嗯……」

「你擦了什麼？香香的。」她忍不住，親了一口。

「不知道。」

許星純的眼神溫柔，拍掉她帽子上的雪粒。

路邊的樹葉已經開始凋零。他們兩個長相都出眾，路過的人難免多看了幾眼。

付雪梨本以為許星純會帶她去約會，誰知道滿心歡喜，卻被他帶去咖啡館讀書。

許星純就坐在對面，她不自覺地端詳著他的臉走神。

好像突然能體會到學校女生對他犯花痴的心情了，真不愧是學校論壇裡的頂級帥哥……

他似乎察覺到她的視線，抬起頭。付雪梨撐著下巴，快速移開了，假裝在看別處。

她面前攤著的書沒翻過，把筆夾在嘴唇和鼻子中間，視線在點餐櫃檯。

許星純走過去，在她旁邊坐下，擋住她的視線：「不要看別人。」

付雪梨知道他又在介意什麼。她無語地把筆拿下來：「你幹嘛啊？盯我盯得這麼緊，乾脆拿鐵鍊把我栓在床上算了。」

許星純聞言，脊背一僵。

「你這是什麼眼神？」付雪梨狐疑地看著他。

怎麼一副被戳中心事，被人拆穿的樣子？

「我靠！你還真的這麼想？」她做了個深呼吸，起身打他手臂。

許星純抓住付雪梨的手，嘴角掛著淡笑，一邊翻著她的書。

雖然和許星純在一起很舒服，但是他總是喜歡搞一些讓人出其不意的事。

比如帶付雪梨去操場散步。散著散著，突然掏出一塊黑色碼錶，在付雪梨震驚的目光中，冷靜地說出讓她跑步這種話。

估計是聽了醫生的話，讓她鍛煉身體。

不過……這個人真是太誇張了。

不過還好付雪梨反應快，回頭看了他一眼，伸出自己穿著小皮鞋的腳：「明天再說，我的鞋跑不了。」

明天再想藉口，反正她不想跑步，累得要死。

付雪梨在心裡這麼盤算著，許星純則一言未發，從背包裡掏出一雙白色的運動鞋。

她盯著這雙鞋有些呆住，足足有十幾秒才突然清醒：「你……你？」

「齊阿姨。」許星純解釋得很簡單，「我和她拿的。」

「你怎麼這麼討厭！」雖然嘴裡罵著，但還是乖乖坐下來，準備換鞋。

許星純把背包放在一邊，蹲下來，輕輕替她把鞋帶解開，架勢像是要親自幫她脫鞋。

這個舉動搞得付雪梨有點臉熱，拉他手臂：「我又不是小朋友，你幹嘛啊？這裡還有人呢，我可不想被人圍觀。」

許星純一愣，抬頭看她。

面前的人滿臉不自在，甚至不自覺咬住唇。

「許星純……」她喊他名字。

於是許星純站起身，退開一點。

付雪梨仍坐著不肯起來，跟他討價還價：「那這樣吧，你揹著我能繞操場走幾圈，我就跑幾圈，怎麼樣？」

「好。」

看他答應得這麼痛快，有時候付雪梨都懷疑，他對她這麼有耐心，都是被她各種無理的要求一點一點磨出來的。

最後，她還是在他的陪同下，不情不願地跑了幾圈。

休息了一會兒，許星純額前的髮梢還很濕。手托著付雪梨的大腿，揹著她在操場上慢慢走。

幸好天徹底黑了，誰也認不出他們。

付雪梨手摟著許星純的脖子，心安理得地奴役他。

「班長，是你嗎？」一道熟悉的女聲從前方傳來。

付雪梨渾身一僵，想都沒想就把臉埋在他的背上，不肯露面。

站在符藍旁邊的女生猛對她使眼色，她們的表情都像見了鬼似的。付雪梨猛地掙扎著要跳下來，兩人都跌跌撞撞才站穩。

許星純眉頭蹙起又散開，去扶她，竟一時忽視了另外兩個人，只顧著讓她注意安全。

付雪梨反手拉著許星純，對他使了個眼色。意思是，怎麼辦？我們要跑嗎？

許星純倒是很坦然，拍拍她的頭，「乖一點，別鬧了。」

目瞪口呆滯地看著他們走遠。

「我靠，怎麼回事，天啊！」女生一臉心碎的表情。符藍也一個勁地犯傻，如在雲裡霧裡：

「我、我也不知道啊……」

沉默了幾秒，符藍下了結論：「恭喜妳，妳男神脫單了。」

她已經猜到是誰了。

「唉……難過。許星純剛剛揹著那個女生吧？太寵了，好幸福……」

符藍傳訊息給付雪梨，笑咪咪地問：「怎麼，妳想當我們九班班嫂？」

「我可不要，年級裡喜歡他的人太多了，還有那群藝術生，我是從來不敢想的。」

女生眼淚汪汪地嘆氣。

付雪梨不知道，自己剛剛又讓一個少女夢碎。她此時正拉著許星純的手，還在跟他談各種不平等條約。

比如因為跑步會導致明天她腿痠，許星純要負責幫自己按摩一個小時。

如果以後她答應跑步和讀書，他就要給她獎勵。

無論付雪梨提什麼要求，他都無條件答應她。

許星純聽她吱吱喳喳，很歡喜地說著，嘴角也不自覺揚起來。

不管是錯是對，他從來不拒絕她。付雪梨給的一切，他全盤都接受。

反正……從喜歡上她的那天起，他就徹底沒轍了。

—全文完—

高寶書版集團
gobooks.com.tw

YH 030
喜歡你，很久很久（下）

作　　者　唧唧的貓
責任編輯　陳凱筠
封面設計　李涵硯
內頁排版　賴姵均
企　　劃　方慧娟

發 行 人　朱凱蕾
出　　版　英屬維京群島商高寶國際有限公司台灣分公司
　　　　　Global Group Holdings, Ltd.
地　　址　台北市內湖區洲子街88號3樓
網　　址　gobooks.com.tw
電　　話　(02) 27992788
電　　郵　readers@gobooks.com.tw（讀者服務部）
　　　　　pr@gobooks.com.tw（公關諮詢部）
傳　　真　出版部(02) 27990909　行銷部 (02) 27993088
郵政劃撥　19394552
戶　　名　英屬維京群島商高寶國際有限公司台灣分公司
發　　行　英屬維京群島商高寶國際有限公司台灣分公司
初　　版　2021年 03 月

文化部部版臺陸字第109084號；許可期間自110年110年1月27日起至114年10月9日止。
本著作物由北京晉江原創網絡科技有限公司授權出版。

國家圖書館出版品預行編目(CIP)資料

喜歡你，很久很久 / 唧唧的貓著. -- 初版. -- 臺北市：英屬維京群島商高寶國際有限公司臺灣分公司, 2021.03
　冊；　公分. --

ISBN 978-986-506-008-4(上冊：平裝). --
ISBN 978-986-506-009-1(下冊：平裝). --
ISBN 978-986-506-009-1(全套：平裝)

857.7　　110000871